有一种生存叫勇敢

有一种惶恐叫涅槃

赣江十八滩记

李桂平 著

生活·讀書·新知 三联书店

Copyright © 2025 by SDX Joint Publishing Company.
All Rights Reserved.

本作品版权由生活·读书·新知三联书店所有。
未经许可，不得翻印。

图书在版编目（CIP）数据

赣江十八滩记 / 李桂平著. -- 北京：生活·读书·新知三联书店，2025. 2. -- ISBN 978-7-108-07999-2

Ⅰ. I267

中国国家版本馆 CIP 数据核字第 2025FR4424 号

责任编辑	黄新萍
装帧设计	薛　宇
责任校对	曹秋月
责任印制	卢　岳
出版发行	生活·讀書·新知 三联书店
	（北京市东城区美术馆东街22号 100010）
网　　址	www.sdxjpc.com
经　　销	新华书店
制　　作	北京金舵手世纪图文设计有限公司
印　　刷	河北品睿印刷有限公司
版　　次	2025 年 2 月北京第 1 版
	2025 年 2 月北京第 1 次印刷
开　　本	880 毫米 × 1230 毫米　1/32　印张 9
字　　数	175 千字　图 13 幅
印　　数	00,001－12,000 册
定　　价	58.00 元

（印装查询：01064002715；邮购查询：01084010542）

目录

前言·1

壹 赣石三百里·1

贰 梅岭远在天边·35

叁 施佛子的眼睛·79

肆 春流十八滩·97

伍 南下·123

陆 北上·143

柒 西迁苦旅·159

捌 西北望长安·177

玖 死节·195

拾 南赣的星空·223

拾壹 从零丁洋到惶恐滩·251

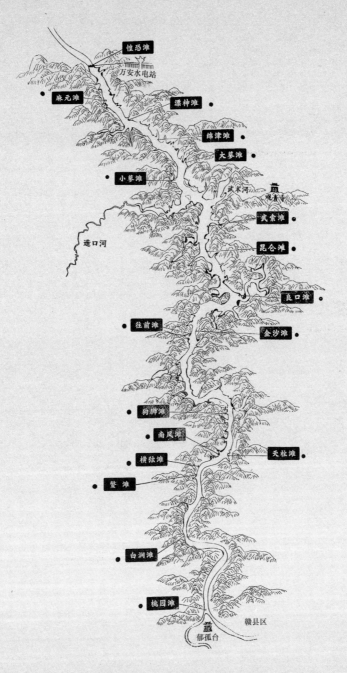

赣江十八滩手绘图 匡小兵 绘

前　言

时间可以改变空间。过去险恶的赣江十八滩在万安水电站蓄水发电之后，没入江底，蓄水前赣江江面海拔69.5米，蓄水后赣江江面海拔达96米，水位提高了26.5米，这意味着两岸大山相对矮了26.5米。从万安驱车去赣州，行驶在赣江边蜿蜒的公路上，全然没有了人在山涧谷底高山仰止的压抑感。赣江河道变得宽阔，勾连着两岸无数河汊，在水库封水时节，大江连着小江，在青山中缥缈无垠。说是万安水库，其实就是一个跨越千山万壑的大湖，人们称之为"万安湖"。山水在赣江十八滩流域形成云遮雾罩的小气候，渲染着这一方山水的瑰丽与娇艳。调洪时节，赣江水面的黄海高程下降，曾经的村庄、圩镇、寺庙、码头、桥梁、古树……一个个废墟暴露在人们的视野中，让人生出沧海桑田的无限感慨。

万安湖下井冈山航电枢纽占据了36平方千米的广袤湖区，稻香鱼跃，是千里赣江最美的景象之一，书写了"舟过万安县，悠然心目开"的文化意象。此湖命名为"心安"，蕴含来到万安,万事平安的深情祝福。

赣江十八滩地理位置特殊。其发源于武夷山南麓的贡江,与发源于罗霄山东麓诸广山的章江在赣州城下汇合,进入雩山山脉与武夷山和罗霄山余脉的对冲区,在此构成了赣江十八滩流域复杂的地理环境。水依山势,在九曲十八弯的山形地貌中穿行,形成名闻遐迩的赣江十八滩。《章贡图经》载:"二水合而为赣,在州治后,北流一百八十里至万安县界。由万安而上,为滩十有八,怪石如精铁,突兀廉厉,错峙波面。"在连通南北的黄金水道赣江之上,奇险的赣江十八滩无疑是一道道难以跨越的障碍,由此在历史上留下了一页页惊心动魄的人文故事和梦幻一般的传奇。在壮阔恢宏的历史演进中,生活在赣江十八滩流域和行走在赣江十八滩上的人们,用他们的血肉之躯和心灵节志铸造了一个千年传颂的文化地标。

赣江十八滩到底有哪些滩?万、赣两地志书的记载多有不同,其滩名也不尽一致。同治《赣县志》卷四《地理志·山川》记载:

> 章贡既合于郡治,北流二百四十里至万安县。庄绰《鸡肋篇》所谓十八滩也。然其实不止。按,离赣数里曰桃花滩,又数里曰白涧滩,皆沙濑无石。又四十里至水口塘,则《鸡肋篇》所称鳖口在焉,舟人呼鳖滩。乱石纷蠢,络绎不绝。又二十里至介平塘,则天柱滩也。天柱之石未至介平。十里即纵横龈腭,

其圆而大者曰人头石，舟人呼罗门滩。其横而长者曰拗门，舟人呼虎头滩。介平之西有三石峰暗伏中流，舟必三折而过，浪涌如山，震荡心目，舟人始呼天柱。若遇水涨，舟从介平过，可避其险，是天柱三滩相连，实为一滩。盖滩之最长而险者。又十里至芦冈灞，《鸡肋篇》所谓努机也。舟人呼茶壶滩，其石有东茶壶、西茶壶之异。又数里至小湖洲，《鸡肋篇》所载小湖滩也，险稍减。又数里至夏浒，《鸡肋篇》所载狗脚滩在焉。怪石嵌岩，有龙埂凫颈鹅米之名。自芦冈灞十里至大湖港，有大湖洲，《鸡肋篇》所称大湖滩也。舟人呼石人灞。其石如人，睡卧中流。秋冬水落，重舟不能行，必以小船剥运，名曰搬灞。又十五里至攸镇塘，其滩《鸡肋篇》所称落濑者，舟人呼小攸口。又十里，其滩曰锡洲，《鸡肋篇》称曰铜盘，舟人呼铜盘锡洲，其石犬牙交错，舵师稍怠，则危急眉睫。又五里至土墙头塘，《鸡肋篇》所载清洲在焉，舟人呼曰金沙阁，其石有剪刀铰针眼之险。又五里，舟人呼曰湾如角，《鸡肋篇》所称横石也，东有麻茨石，西有鼠尾石，凡舟必屈曲数折而行。又十里至良富塘，即《鸡肋篇》之良口滩也。曰槽石，曰平儿石，皆状如伏龟，沉水际。赣境止此下则万安界，有滩七，其名皆与《鸡肋篇》相符。自良富二十里至昆仑塘，则昆仑滩也。其石觚稜芒角，飞湍迅流，如溅珠飘雨。又二十里至武索塘，则武索滩也。石有猴子、对鱼之名，而对鱼尤险。又十五里至阜口塘，则小蓼、大蓼二滩在其下流。小蓼有九宫八卦之石，大蓼有曲尺寸竿诸石，皆嵯岈突起，或隐或露，观之令人惶怖。又三十里至棉津塘，即棉津滩，其石曰将军，曰隘前，曰刁子，咸分布上下。又十五里至漂城塘，曰漂城滩，石有龙门、傲蓬等名。又十五里至万安县，则曰惶恐滩，一名黄公滩。

历史上赣江十八滩滩名一直存在不同叫法，《赣县志》的编撰者格外加了一段按语：

赣石之险，行旅视为畏途。舟子有九泷十八滩之称，特指其大者言之。旧张府志罗诸滩名，询之舟子，颇多不实。如腊黎滩之三峡，及上莲花、下莲花之类。又道里远近亦多不符，且棉津至惶恐滩中，有漂城一滩，塘汛现存，《鸡肋篇》亦载，而张志独漏，今取《鸡肋篇》所载诸滩名细询老年熟谙滩师，详为核证而厘定之。其滩之险而大者，著于篇。他若虽有土名，而为舟子滩师所臆说者，不琐录。道里远近，悉准塘汛，亦从实也。

同治《万安县志》卷一《方舆志》记载：

赣江其源有二，章水，《汉志》云豫章出大庾县界；贡水，《汉志》云湖汉水（按张尚瑗赣江考，湖汉水者，贡水也），出于都县新乐山（旧志作新水，今依府志改正）。二水北流，至赣县东北始合，故谓之赣江。二百四十里至万安县治境内（境内河流两旁多依山麓，不筑堤堰），其间有滩十八，旧皆属虔州，至宋熙宁，割赣县地立县，而万安有滩凡九。其水至赣城下二十里，澄泓清澈，曰储滩；由仙女潭而下，石峭鳞列，曰鳖滩；自鳖而下曰横弦滩，曰天柱滩；更下曰小湖滩，更下曰铜盆滩，又杂志称阴滩、阳滩、会神滩，皆赣县地。自青洲而下，至梁口入万安，曰梁滩；至黄金洲，曰昆仑滩；至检田冈，曰晓滩；至武索，曰武索滩；皂口而下，曰小蓼滩；韦家步而下，曰大蓼滩，滩下有郭公潭，清深延长，至罢恩，曰绵滩；由绵津而下，曰漂神滩；长潭数里为神潭，出潭有旗鼓石列滩口，曰黄公滩。水性湍险，惟黄公滩为甚。故东坡诗讹为惶恐，今因之。旧志云：唐路应为虔州守，尝凿败赣石，水势以安。宋赵清献抃守虔时，疏凿惶恐滩以上十八滩，以杀水势。又《陈史》：赣水旧有二十四滩，水多巨石。陈高祖发虔州，水涨高数丈，三百里间巨石皆没。今止十八滩。旧志云：十八滩之最险者，惶恐滩，有屏风石；漂神滩，有鸟儿石，云一只角；大蓼滩，有鹅鼻石；小蓼滩，有曲尺石；匡坊在武索下，有猪兜石；梁滩，有等船洲；狗脚滩，有灯檠三石；天柱滩，有天柱石；横弦滩，有横石。俱能坏舟，安得复有赵清献公凿去险石，以开万世之利耶。

两地志书中的记载对赣县境内九滩的叫法可谓五花八门，

而对万安境内九滩的称谓则相对一致。《赣县志》广引庄绰《鸡肋篇》中的记述,这种体例在县志中并不多见,而且还加注了编撰者的意见,说明编撰过程除了沿袭旧志记载之外,又因道听途说做了补记。当然《鸡肋篇》的记述应该还是可信的,这部著作是宋代考据辨证类笔记,记载了全国各地的地理民情、物产饮食,全书共三卷。作者庄绰是福建泉州人,北宋末年曾在赣州长住,此人博物洽闻,又喜游历,足迹遍及大江南北。

两县志对赣县境内九滩记载的差异暂且不论,对万安境内九滩的记载只是个别有异。《万安县志》记载,在昆仑滩与武索滩之间尚有晓滩,却没有茶壶滩之记载,也没有麻元滩的记载,而《赣县志》没有晓滩的记载,却把茶壶滩记在了天柱滩下。

《中国古今地名大辞典》记载了赣江十八滩的地理位置和名称,其中九个滩在赣县境内,包括白涧滩、天柱滩、小湖滩、鳖滩、大湖滩、铜盆滩、落濑滩、青洲滩、梁口滩,另外九个滩在万安县境内,包括昆仑滩、晓滩、武朔滩(或武索滩)、昂邦滩、小蓼滩、大蓼滩、绵滩(或绵津滩)、漂神滩、惶恐滩,其中惶恐滩尤为湍急,是赣江十八滩中最危险的滩之一。《江西通志稿》中记载的赣江十八滩名是:桃源滩、白涧滩、鳖滩、罗门滩、天柱滩、南风滩、夏府滩、铜盆滩、金沙滩、良口滩、昆仑滩、晓滩、武术滩、小蓼滩、大蓼滩、棉津滩、漂神滩、惶恐滩。这些记载各不相同,与两县志的记载同样不尽一致。我想，赣江十八滩之所以有太多叫法，大概是自古以来民间说法太多的缘故吧。

我曾在赣江上游沿途考察访问，仍然没有结果。溯江而上出了赣江十八滩，我在储潭庙里看到了供奉的十八滩神，这十八尊神神态各异，但手里都拿着一根竹签，上面写着各自管辖的滩。

储潭临近赣江，过了储潭，龟尾角遥遥在望，八境台巍然屹立在宋城墙之上。也就是说溯江而上，过了储潭就过了赣江十八滩，而顺江而下则意味着即将踏上赣江十八滩险境。对于行船走水的人来说，储潭自然不同凡响。同治《赣县志》卷四《地理志·山川》记载："章贡二水既合汇流，澶漫而渟蓄于储潭。"《隋书·地理志》则称，储山潭之称，储以储山故也。储潭最有名的无疑是储潭庙，这座庙始建于东晋，迄今一千五百余年历史。大殿内供奉十八滩神，进殿左边是赣县辖区九滩，顺次而下是桃园滩、白涧滩、鳖滩、横弦滩、天柱滩、南风滩、狗脚滩、往前滩、金沙滩；右边是万安辖内九滩，溯江而上依次是惶恐滩、麻元滩、漂神滩、绵津滩、大蓼滩、小蓼滩、武索滩、昆仑滩、良口滩。中间两根立柱上有一副楹联：

自汉晋迄今俱来廿百载庇佑万民生福履厥功尤懋
从闽粤及赣倘过十八滩指点千帆航慈海斯德永懿

由于储潭处于赣州的门户和赣江十八滩的出入口,储潭庙始建以来,信众广泛,香火鼎盛,吸引了远近善男信女和过往船客的顶礼膜拜。这个庙我来过多次,每次来,都会端详每一尊神,似乎要从神的面目上判断滩之险,然而这些神都是慈眉善目可爱之极。我想,尽管历史上人们对赣江十八滩有不同叫法,但滩神的存在历经千年,算是经受住了历史的检验。为了叙述方便,我决定采用赣江十八滩神管辖的滩名作为本书所述赣江十八滩的滩名。

似乎这里面仍然有一个问题,那就是东晋建庙之初有没有十八滩神殿?我想自然是没有的。十八滩神殿应该是大庾岭商路开发之后的结果,或者干脆说是产生于大庾岭商路最为繁华的大宋,因为滩神中出现了惶恐滩。在旧志中惶恐滩应为"黄公滩",之所以更名为"惶恐滩",普遍的看法是因为苏东坡的一首诗,苏东坡在诗中把"黄公滩"写成了"惶恐滩"。这首诗就是著名的《八月七日初入赣过惶恐滩》。诗曰:

七千里外二毛人,十八滩头一叶身。
山忆喜欢劳远梦,地名惶恐泣孤臣。
长风送客添帆腹,积雨浮舟减石鳞。
便合与官充水手,此生何止略知津。

《万安县志》据此认为苏东坡为黄公滩改名。南宋诗人王阮同样有此看法，他在诗中说：

水溯安流舟不难，人心自畏石头顽。
黄公误听作惶恐，玉局先生盖谓滩。

王阮诗中的玉局先生就是苏东坡。我注意到，苏东坡被贬惠州过惶恐滩是1094年的事，在这之前北宋名臣赵抃在几首诗中把黄公滩都写成了惶恐滩。

1061年，54岁的赵抃去赣州赴任，途中夜泊黄公滩，作诗《入赣闻晓角有作》，在这首诗中第一次出现惶恐滩：

江南历尽佳山水，独赣潺潺三百里。
移舟夜泊惶恐滩，画角乌乌晓风起。
栖鸥宿鹭四散飞，梦魂惊入渔樵耳。
三通迤逦东方明，又是篙工趣行矣。
横波利石千万层，板绳缚颈如山登。
夷途终致险且升，自顾忠信平生凭。

到虔州就任后，赵抃还写过《虔州即事》，再提惶恐滩：

君恩山重若为酬，补郡都忘乐与忧。
惶恐滩长从险绝，郁孤台迥足观游。

赣川在昔名难治，铃阁于今幸少休。
人谓阔疏予自喜，远民安堵更何求。

从史实看，苏东坡写惶恐滩比赵抃晚33年，可不知为什么人们硬说黄公滩改名惶恐滩是苏东坡所为，也许是苏东坡的诗传播更广吧。但不管怎么说，赵抃也不是等闲之辈，他在赣江十八滩的作为令人敬佩，因此我希望人们记住赵抃这个人。

其实谁为黄公滩改名并不重要，重要的是文天祥为惶恐滩铸魂。世人对文天祥《过零丁洋》耳熟能详："惶恐滩头说惶恐，零丁洋里叹零丁。人生自古谁无死，留取丹心照汗青。"《明一统志》卷五六《吉安府》记载，惶恐滩"在万安县治西。旧名黄公滩，后讹为惶恐滩。宋文天祥诗，惶恐滩头说惶恐，即此"。

赣江十八滩是一种独特的文化，这种文化因独特的地理条件形成，又因漫长的历史变迁而积淀，最终以一种文化符号定格在了历史之中，表现为一种可以传承的文化精神。这种精神，我概括为：自强不息、知难而进、不畏艰险、勇于拼搏、舍生取义。2013年我受惠于江西省文联"走向田野"文学创作扶持项目，蒙三联书店不弃，出版了拙著《赣江十八滩》，多年后又因中共万安县委重视而再版。十多年过去了，我对赣江十八滩又有新的发现和新的领悟。友人希望我重写赣江十八滩，我感到有些为难。赣江十八滩是一个地理标识，更是一个历史文化符号,我不忍割舍"赣江十八滩"这个书名,思虑再三,这才有了《赣江十八滩记》这个书名。

我想在更宽广的时空中书写,尽管历史的时空难以穿越,文化的品相难以描述,但我仍然想走向田野,在遗存中追寻萍踪,在典籍里追问历史,在心灵的感知中表达文化。我试图以一个富有学理和心性的书写,丰富赣江十八滩这个文化符号。在南北交融的历史大变迁中,叙写赣江十八滩各滩的状况、历史过往和航运的艰难历程,打捞沉淀在赣江十八滩中的历史人物和人文故事,提炼赣江十八滩的文化精神,让读者透过深邃而漫长的历史,看到不同凡响的赣江十八滩。

一声号子响彻高山峡谷,一条商道走出民族纪元,一首宋词横扫六合,一颗丹心昭告世人。而流淌在我心里的赣江十八滩永远是一首诗:

通江达海的历史,
饱含三百里苦难,
铸就一千年辉煌。
一声声号子唱老山石,
一曲曲诗词吟访江滩,
杜鹃和鹧鸪的意象,
在寒江的山谷回荡。

回家的路,
永远是那么遥远。
多少年的历史都是过往,
多少人的过往都是历史。
只有一棵不老的榕树,
坚守一千年的从容。
一座城的变迁,
在它的眼睛里,
像种子一样发芽生长。

未来的路,
永远在心灵的远方。
万安湖与心安湖的连接,
摇曳湖光山色的妖娆。
是否还有人知道,
有一种生存叫勇敢,
有一种惶恐叫涅槃?

壹 赣石三百里

赣江在府城北，章贡二水总汇处，两江受各邑诸水合流，二百四十里出万安。旧称赣石三百里，举成数言也。经泰和、庐陵、吉水，出峡江，经新淦、丰城，达南昌北入鄱阳湖。

——摘自同治《赣县志》
卷四《地理志·山川》

一

　　我认识赣江是从赣江中游开始的，那里有我的故乡，长着我少年的梦。这个梦其实是空落的，或顺江而下，或溯江而上，我不知道终点，只须离开赣江边那个给我留下苦涩记忆的村庄。我看着江面上北上南下的机帆船，听着机器粗糙的声响像是用尽了吃奶的劲，可它行进的样子又像是轻轻松松毫不费力。船上装运的货物用毡布覆盖，我不知道毡布下面的物件是什么，更不知道它驶向何方。105国道汽车不多，拖拉机却不少，拉着赣中的粮食源源不断送到樟树火车站待运，这种方式似乎替代了古代的漕运。我们上学时经常爬这种运粮的拖拉机，省去步行的脚力。20世纪80年代前赣江上的船还是很多的，涨水的时节还有大木排顺流而下，我不知道那些木排来自何方又漂流到哪里。水运自然是好的，江上的木排搅动了一江风景。

　　我的远方定格在赣江上游的万安。这是一个很小的县城，人口少。夏秋两季昼长夜短，吃过晚饭，我和同在县政府工作的一个同事经常绕着县城走一圈，最后停留在赣江边。西门口做竹木生意的店子很多，材料随意堆放在江边上，做成的竹床竹篮竹椅，还有冬天烤火用的火笼子等物件摞成一堆放在店子门口。各家经营的品种都差不多，但货物的精细程度却相差很大，因此价格也有差异。江边的老码头都已废弃，新建的货运码头安装了吊运货物的机械，货物装卸方便了许多。码头上有几艘货船停靠，货物已卸完。穿着裤衩光着上身的船家，提着水桶直接把水往身上泼，夕阳照着，古铜色的肌肤亮光闪闪。船舱里的女人开始生火，炊烟一缕缕飘出来随风绕着圈圈。

江面上漂着七八个竹筏，捕鱼人手执竹篙漫不经心，背对着下山的太阳，在江面上扫来扫去，需要改变方向的时候他才会弯下腰用力撑一下，跟着竹筏晃动的节奏，他身前身后七八只鸬鹚立即调整姿态。这种活物的眼睛像鹰一样盯着水面，突然一只鸬鹚冲下水了，一会儿钻出水面上了竹筏，一条七八寸的大鱼在它的嘴里叼着，一大半露在外面，捕鱼人放下竹篙把鸬鹚嘴里的鱼取出来扔进竹筐，用手拍拍鸬鹚算是一种鼓励。这幅渔舟唱晚的人间景象自古就在赣江上绵延着。

沿着江边走，还能看见一个轮渡码头。夕阳被夜幕吞噬，最后一艘渡船驶向对面的蛤蟆渡，这一天东西往来十几次，现在终于可以封渡了。朝上游看去，万安水电站正处在紧张的施工期，工地上的灯火早早地亮起来，水光山色，波光潋滟。装运货物的大型货车轰隆隆地穿过县城驶向大坝工地，这种车的马力强劲，从身旁经过时让人唯恐避之不及。万安水电站建设"三上三下"历经磨难，1958年动工，由于苏联专家撤走，工程建设下马，到1978年重又上马。当年苏联专家之所以把坝址选在惶恐滩上，是因为惶恐滩地处隘口，地质条件好，大坝蓄水后赣江十八滩悉数沉没江底，有利于未来航运。数千年的苦难航行史就要画上句号，谁能不期待？时任江西省委书记刘俊秀力主万安水电站上马，但他终于没能等到电站竣工，去世前留下遗言：骨灰浇筑在大坝里面。这是一个现代版的平滩英雄。

20世纪80年代中后期，县政府陆续进来了很多年轻人，晚上大家没事又没地方去，就坐在廊道两边开始扯淡。他们都是万安人，知道的事多，消息来源也多，诸如水电639部队一伙兵跟地方上一伙二流子打架，还打死了人，家属还在医院闹，水库居民移民到了新地方，田土没落实闹访了，如是等等。我在这样的闲聊中慢慢认识万安，知道了万安水电站坝下就是赣江南下的锁口大滩——惶恐滩。

万安对于我是新鲜的，我不知道它的未来，却渴望知道它的过去。那个时候我身在异乡，人地两疏，闲来无事时常去图书馆翻书，无意中看到同治《万安县志》，这种书难读，我没有足够的耐心，只是选择性地读，那会儿我最想知道的是赣江十八滩。

出潭有旗鼓石列滩口，曰黄公滩。水性湍险，惟黄公滩为甚。故东坡诗讹为惶恐，今因之。旧志云：唐路应为虔州守，尝凿败赣石，水势以安。宋赵清献抃守虔时，疏凿惶恐滩以上十八滩，以杀水势。

冬日的一个下午，我和常在一起玩的那位同事去了万安水电站坝下。同事姓袁，吉安市人，一副玩世不恭的样子，喜欢说一些幽默诙谐的段子，跟着他走不感到累。大坝在右岸围堰施工，左岸留了一阙，右岸大片的沙滩上长满了芦苇，正是扬花时节，我们在毛茸茸的芦苇荡中行走，不时跨沟过坎。我知道，我走的沙滩就是江底，没见着怪石嶙峋似乎有些遗憾。旧志云："十八滩之最险者惶恐滩，有屏风石。"在乱石中找到夹缝行船，其险可想而知。抬头望向大坝两岸对峙的大山，想起知县胡万年写的诗："吉州南上水环湾，十八滩头是万安。来客莫言万安恶，万安无数好青山。"从这里往上是武夷山余脉和雩山山脉的对冲处，群山叠嶂，一峰连着一峰，延绵不绝。赣江在两山对峙的谷底弯弯曲曲穿行，人在江边弯弯曲曲的路上行走，显得卑微又渺小。

《万安县志》记述，惶恐滩周边环境主要有两处。一处是鱼梁城遗址，"临大江，在黄公滩之上"。江西省考古队曾对鱼梁城遗址做过考古发掘，虽然没有重大收获，但基本可以确定这是新石器时代先民生活的遗址。在狩猎和采集的时代，惶恐滩无疑是天然的狩猎场，乱石林立的滩中水流湍急，浪花飞溅，正是鱼儿群集嬉戏的好地方。春天，长江不少鱼类溯江而上，经此地产卵繁衍。先民选择惶恐滩作为栖息地也是独具慧眼。

另一处是蜜溪潭。县志记载多用了些笔墨："在鹅公嶂，岁旱诣潭祈雨，多有奇验。水出蜜溪桥。"旧志云："潭流清冽甘美，乡人取以瀹茗，旧贡于朝，颇为民累。少师杨文贞公奏罢，至今德之。"潭之两岸多种茶株，味甚香美，故云"蜜溪水神潭茶"。东莞人温厚诗赞曰：

> 蜜溪之水甘且美，源自舍鹅嶂峰起。
> 悬崖瀑布注石潭，峭石壁立临溪水。
> 云有潜龙久未腾，祷之岁旱为甘霖。
> 长桥古道官使往，酌之可以清人心。

这两处遗存我都去考察过，鱼梁城遗址达不到保护级别，长满了郁郁的树林。蜜溪潭位于惶恐滩左岸，处在三面环山的一个深谷，南面有一个豁口，溪流由此入江。神潭茶虽然没有了，但神潭水却被开发出来，因为富含微量元素，清冽甘甜，被万安人视为神水。

在以航运为主要运输方式的古代社会，万安无疑是赣江上一个非常特别的县，它处在吉州（吉安）和虔州（赣州）的中间，因为惶恐滩锁着南下赣州的江口，溯江而上的船只一般都要在万安停歇，从鄱阳湖南下的货船一般都是大船，到了万安要换成5—10吨的小船，这种船通过惶恐滩相对灵活安全，因此在万安码头须请人把大船上的货物卸下来，装载在小船上，同时还得请滩师和纤夫。万安码头有专门的服务机构，这个机构一般和赣州的同行结成行业联盟，南下也好北上也罢，一般都有相对固定的人员为其服务。自宋代以来，这个行业越做越大，从业人员越来越多。宋熙宁四年（1071年）万安镇升格为万安县,从河西迁置河东惶恐滩头,就是应了航运市场的需求。而此时熙宁变法如火如荼,朝廷考虑的自然是增加税收。

自古以来,南下驿道一般都设在赣江西岸。根据杨正泰编著的《明代驿站考》,从南昌到大庾岭有17个驿站,分别是南浦驿、市汊驿、剑江驿、萧滩驿、金川驿、玉峡驿、白沙驿、螺川驿、淘金驿、浩溪驿、五云驿、皂口驿、攸镇驿、水西驿、南野驿、小溪驿、横津驿。这些驿站都在赣江西岸,实际上古代赣江西岸远比东岸繁荣。105国道在赣江中下游,位于赣江东岸,这条道路,让赣江东岸取代了赣江西岸,繁荣起来,这似乎应了那句古话:三十年河东三十年河西。不过这个变迁可不是三十年,或许是一千年吧。历史的进程就像老牛拉破车一样行进缓慢。

五云驿和皂口驿是万安境内的两个驿站,当然也都在赣江西岸。《明代驿站考》记载:五云驿属吉安府万安县,明初改赣阳驿,在今江西万安县城内滨江。皂口驿属吉安府万安县,洪武五年(1372年)置,在今江西万安县东南良口。五云驿处在遂川江和赣江的交汇处,这个地方曾是古遂兴县衙的所在地。东汉建安四年(199年)发生了许多大事情:这一年决定北方一统的官渡之战拉开帷幕,曹魏的霸业如日中天,东汉王室密谋刺杀曹操的行动毫无悬念地宣告破产;这一年小乔出嫁,英姿勃发的周郎被东吴集团委以重任;这一年在这个两江交汇的地方建立了遂兴县衙,管辖的地域包括现在的遂川全境、万安全境、井冈山和泰和的部分区域。随着时间的推移，遂兴西迁，并改名为龙泉，而万安却在遂兴故地建立。

南唐保大元年（943年）十月，南唐军队攻破虔州赤军首领张遇贤，南唐一隅得以偏安。万安作为南唐屯兵之所，功莫大焉。在中主李璟眼里，万安无疑是祥瑞之地，因此这一年在云洲设立万安镇。县志记载，其时辟地得石符一帙，上有八分书云"地界两州，神秀所蟠，更为都邑，万民以安"，故取其字义而名"万安"，又因遂川江口时起五色祥云，故又别称"五云"。汉语中，万安是一个吉祥的词，词义为万全、放心、万福。作为社会目标，万安是每个人的心灵归处。关于万安之名的来由似乎有着某些神话的寓意，石符之说也许是子虚乌有，但它说出了"万民以安"的理想，这个理想正是天下人的理想。

吉州南上水环湾，江河的流向依势而就，弯曲是自然形成的。要说湾，从吉州到万安还真有几处湾：一处是禾水湾，是禾河与赣江交汇形成的大湾；另一处是蜀口湾，是蜀水河与赣江交汇形成的大湾；还有一处更大的湾，是遂川江与赣江交汇形成的湾，这个湾便是罗塘湾。历史上罗塘湾曾是排帮的栖息地和中转站，遂川森林资源丰富，从遂川江下来的小木排在此停靠，然后组合成大排在赣江漂流。那时这一段赣江甚是热闹，放排的、打鱼的，还有南来北往的商人都会在此停歇，因此有"两江市"的雅称。

罗塘是康克清的故乡,名气自然不小。这个江边小镇被赣江和遂川江搂在臂弯里,像是一个自然的宠儿,一个个小山丘像是隆起的肌腱,炫耀着这块土地的丰饶和美丽。两江市最繁华的地方其实不是罗塘,而是村背。曾氏在明朝迁居村背,这地方处在罗塘湾西北,开居以来很快形成了一处热闹的街市,卖什么的都有,不同季节有不同的蔬菜、水果、糕点上市,足以满足排客的需求。在这条村圩上,曾家的产业很大,除了不卖蔬菜,其他的如酒肆茶楼样样都有。曾家老爷曾秀升继承了祖上的生意经,生意做得很大,在县城芙蓉镇还有老字号商铺以及房产。除了工商业,曾家在罗塘的土地也不少,长工佃农很多,是当时万安的大地主大资本家。因为家庭富有,曾家的儿子们都受到了很好的教育。老大曾振五早年赴日留学,是同盟会最早的会员之一,回国后担任江西省府要员。老四曾天宇随后赴日,在日本本土参加反日游行被遣送回国,就读于中国大学。此时五四运动风起云涌,革命新风荡涤神州。曾天宇生在富贵人家,却天生悲悯,寒暑假回乡遇着佃农过不下生活,瞒着父亲免了佃农的田租,甚至烧了田契,如此败家气得老父不行。曾天宇说:"我平生之志乃振兴国厦,解民于倒悬。"老父对儿子的鸿鹄之志甚为不解,心里堵得难受,住进了县城,懒得回村。从曾天宇留下的照片看,他瘦高,戴副眼镜,是个很清秀的书生,但从他做的事情看,却是一个有着强大内心的人。这种强大应该是他的信仰给予的。1922年,曾天宇加入社会主义青年团，人虽在北京，可通往万安的书信却不断，这些书信不是给老父的，而是带着真理的信念，让一大批万安青年沉浸其中。张世熙等年轻人在万安发起马克思主义读书会，创办青年杂志，让江西革命三杰之一的袁玉冰为之击节叫好。这年暑假，曾天宇回乡并召集同乡开办聚华书店，此后，书店成为万安青年交流思想、开展革命活动的据点。"八七会议"之后，曾天宇作为江西省委特派员回到家乡，组织领导了震惊中外的万安武装起义，成立了江西省第一个县级苏维埃政权。在国民党残酷镇压下，曾天宇壮烈牺牲，一部分起义农民转战零山山脉的天湖山，开辟了环天湖山革命根据地，为日后三次反"围剿"做出了贡献。在万安青年心里，曾天宇无疑是最早的马克思主义者，江西早期工人运动的卓越领导人。开国中将钟汉华去世后，家人在他的一个本子上看到这样一首诗：

喜见万安红天宇，
忧思天宇播火时。
万安儿女饮甘露，
思源为报天宇知。

其实遂兴故地一直都在，许多老建筑到清初都还保留着。根据康熙《万安县志》记载，五云阁就在这个地区，这座建筑曾出现在许多诗人的诗篇中。苏东坡《八月七日初入赣过惶恐滩》一诗中的"此生何止略知津",一语双关,表达的是自己一生经历了太多风浪,但苏东坡提到了惶恐滩下的知津阁,似乎成了千古之谜。苏东坡过惶恐滩之前曾留宿万安,他住在哪里呢?当然也没有史证他住在知津阁。元代史部侍郎聂古柏邂逅万安后写了五云阁,诗云:

五云阁上北风寒,十八滩头叠乱山。
庾岭一枝春信早,龙泉三尺土花斑。
蛮烟瘴雨霜天晓,画戟清香昼日闲。
倚遍阑干动高兴,一声道唱水云间。

宋代江湖派诗人戴复古写的《游五云阁》却让我有些恍忽,诗云:

凌空杰阁为谁开,隔岸芙蓉不用栽。
今古相传彩云现,江山曾识大苏来。
酒边歌舞共一笑,客里登临能几回。
翠浪玉虹从此去,明朝人在郁孤台。

芙蓉叠巘是万安古代八景之一,此山与万安县城隔江以对,宛如芙蓉花开。而云洲与万安县城对峙,如果五云阁与芙蓉山隔岸,那么这座建筑就应该不在云洲,难道康熙年修编的县志记载有误？或者宋代之后五云阁东迁到了万安县城？我后来终于想明白，万安县城叫芙蓉镇，五云阁的隔岸不是芙蓉又是什么？诗人的想象力让人惊叹。

二

与诗人不同，民间的想象带着宗教的色彩。

我在万安很早就听到一个离奇的故事，说的是很久以前，一个老妇人在江边洗衣，见一只木匣从上游漂来，到她洗衣的地方便靠岸了，老妇人看是一个破匣子，随手用棒槌推着木匣往下游漂。过了几日老妇人又去江边洗衣，发现木匣子又漂回来了。老妇人诧异，捞起木匣打开看，发现里面有一尊神像，是一个身披盔甲的将军。老妇人以为神异，取了木匣，回家把神像供在家中。村中一位长者见了，说这是韩信像，便动员村民建了一座小庙，把韩信像供在庙中。从此这个村庄改名为漂神村。

这个民间传说在万安有一定的知名度。只是不知道，是先有漂神村，还是先有漂神滩呢？这个问题我一直没有深究。县志记载的漂神滩"长潭数里为神潭"，对于此滩的形状并未描述，但对神潭做了补充记述："神潭在惶恐滩之上，潭水清深，观鱼辄见。昔有神人姓墨者，漂于潭，为神，旱时祈雨有应。"这个记述把我弄糊涂了，到底是史志准确，还是民间传说准确呢？照理说，修编志书应该到乡村做调查，何以又出了个墨氏呢？

明朝人温厚对漂神似乎情有独钟，他写了几首诗记述神潭，其中一首写道：

去邑数百步，有潭占南隅。
延袤四五里，幽深龙可居。
昔有神异人，入波骑鲸鱼。
显灵主滩石，若旱常救苏。
圣宋锡神号，断碑今模糊。
香茶产两岸，美茂千万株。
先春茗金芽，采摘贡皇都。
可见川泽灵，感之能交孚。
英秀钟五云，较诸他境无。

温厚何许人也？同治《万安县志》卷八《职官志》有一个简略记载："温厚，东莞人，宣德三年任，多有异政。"从温厚的诗中我读到了神潭的奇异和美丽，这个地方山好水好，小气候也好，两岸高山峻岭，山下种植的茶被列为贡品，可惜现在这茶没有了。万安水电站建设过程中，漂神滩两岸的居民都已迁移，此处已人烟稀少，只有少数渔民滞留于此，过着水上漂的生活。漂神原是一个行政村，村民迁移后合并到了双坑村。

我跟支部书记邱瑞芳说去漂神庙看看,他找了一艘小船,领我去看。到了地方才知道漂神庙叫高丘庙,看了庙前的碑文才知道这个名字的由来。说的是神出高丘,所以叫高丘庙,可这高丘又在哪里?庙里供奉着韩信像,依然是民间的说法,这尊神像应从赣江上游漂来,而赣江上游的高丘又在何方?神和神话本来就是人编造出来的,说到底还是人的心理需求,哪有考究的必要。

高丘庙在万安水电站蓄水前拆了,现在的高丘庙是新建的,庙址后移至山坡,重建后的高丘庙前立了一块碑石,碑文写道:

青山欢呼,赣江歌唱。

高丘庙于二〇〇九年农历十月终于告成。原高丘庙因万安电站蓄水淹没,神像被供奉在一间破烂的土屋里。重建高丘庙是尊重历史,众望所归。漂神滩是赣江十八滩之一,因古代河里漂来的一尊菩萨而名,高丘庙因滩而立。古代河里漂来的这尊菩萨乃汉朝开国元帅韩信,因从高丘漂来,故名高丘庙。漂神滩水域广阔,两岸青山巍巍,风景秀美,神尺之奇名闻遐迩。万安、遂川、泰和、吉安、赣县、南康、兴国等地信民慕名而至,顶礼朝拜。自从有了高丘庙,漂神村从未发生过瘟疫、流行疾病、河里溺死人,远离天灾人祸。

重建高丘庙得到各界人士的关注与支持。县城季朝东先生垫付数万元资金；县城许多人士写缘捐款，广州伍泳嫦女士捐款伍仟元。建庙期间出现的奇事让您闻后觉奇。

漂神滩悬日月，高丘庙壮山河。韩信菩萨乔迁新居上神座的二〇〇九年农历十一月十五日清晨，细雨霏霏漫天大雾，庙前河里红光映照，呈现一道壮丽奇观。上午冬阳高照，阳光灿烂，乃吉祥之兆。漂神村有三好：山好、水好、人缘好；漂神村有三宝：神茶、神姜、神药草。祝高丘庙香火蒸蒸日上，祝漂神欣欣向荣。

山水娇媚好风光，君到漂神精神爽。神庙传奇多又多，随缘功德莫错过。

温玉山敬撰
高丘庙二〇一〇年庚寅三月立

高丘庙是座不大的建筑，几乎掩隐在树林中，只有一条小路到达。附近没什么人家，平常只有肖后瑞和妻子郭玉香管护，夫妻俩平时住在县城，大儿子在吉安经商，二儿子开货车。夫妻俩每周回漂神村拾掇一番，因为每月初一、十五不少迁走的漂神村民会来朝拜韩公。原漂神村老支部书记游联桂和游道明虽然年事已高，但也经常去。每当初一、十五，肖氏夫妻早早地从县里买酒买菜，回到漂神村，为前来朝拜的父老乡亲置办酒席。高丘庙属于道教，可以食荤，所以严格地说，高丘庙应该是一座道观。酒菜上来，乡亲们开始行叩拜礼，然后吃上几两烧酒，各自回家去。

我很疑惑的是，肖氏夫妻出于怎样的心结要去义务管护观宇，而那些已经迁居30多年的老乡亲为什么初一、十五还要水陆并行前去朝拜呢？他们对漂神有着怎样的心灵寄托呢？我更加疑惑的是，韩信是西汉名将，怎么跟道教搭上关系了呢？我在查阅资料中发现，韩信的故事和形象被用于道教的一些传说和神话，具体的内容和细节可能因地区和时代而异，但韩信被描绘成白虎星临凡转世，在道教文化中被赋予了一定的神话色彩。道教是中国传统宗教之一，其神系包括正统道教神系、民间信仰神系、上古神话神系等，涵盖了众多的神祇和传说，韩信的故事和形象能够进入道教文化，说明韩信在民间信仰和传说中占据了一定的地位，被视为一种英雄或神祇的形象。漂神村民寄托的或许是对英雄的崇拜。

1928年万安武装起义之后，漂神村游必安领着80位农民跟随陈毅上了井冈山，然后又被委派到万安、泰和，拉起了万泰支队，纵横于天湖山一带打游击战，成为红军中叱咤风云的将领，不幸的是在"肃反"扩大化中游必安和妻子双双被错杀。漂神滩附近棉津人廖延辉与游必安有着相似的经历。武装起义那年被打散的国民党守军逃到棉津大山里，被廖延辉带着几个人缴了枪，此后廖延辉领着这伙人参加了革命，先后在万赣边、万兴泰边打游击战，逐步成长为红军早期将领，不幸的是在"肃反"扩大化中被枪杀。崇尚英雄让他们走上了革命的道路。

从漂神往上就是绵津。康熙《万安县志》记载,漂神滩距县15里,绵津滩距县20里,这两滩相隔如此之近。但绵津滩有多险县志没有记述,这并非疏漏,若是记述无非也是石头的形状而已,所以志书重点记述几滩也是可以理解的。查慎行过此滩,诗曰:

巨石浮牛背,亭亭鹭足翘。
入鸥群不乱,爱汝好风标。

匪夷所思的是,绵津现在通常叫作"棉津"。《万安地名志》记载,相传此地曾种过棉花,又是重要渡口,故名"棉津"。到底是种棉花的渡口,还是绵延山峦的渡口,似乎并不重要。查慎行过绵津写下了《绵津滩》:

建日遇石尤,溯回良苦辛。
滔滔天下是,不问久知津。

查慎行是浙江海宁人,为金庸之祖。查慎行在赣江十八滩留诗颇多,大约每滩都留诗一首,但滩名有诸多误处,比如漂神滩他写成了标神滩,大概是误听了船家的话。绵津滩是他看到此地山峦绵延，故滩名与史志重合。

我和万安县地方志办公室主任叶章青重考棉津，这个地方对他而言再熟悉不过，虽然过去的圩镇已是一片水洼之地，时值四月，万安湖还空着库，大洲露出水面。故地重游，叶主任如数家珍，他说，水库蓄水前临江一排木板房店铺生意兴隆，同学常去买小吃。过去这旮旯曾是棉津乡治所在地，建筑依山傍水布满了盆地，蓄水后居民悉数迁移，只剩吴氏一户渔民上岸后守在这个沉没的渡口。吴昌丰说他这辈有吴昌旭、吴昌越、吴昌丰三兄弟，子女都在外地工作，春节才回老家相聚。

棉津北临赣江，山环水绕，盆地之间置棉江圩，圩内有棉江河穿过。棉津对面是石壁下，青石壁立，山上满是杜鹃。永乐五年（1407年）解缙被贬交趾，途经赣江十八滩留下了一首诗：

白浪滩滩跳雪珠，青山片片翠萦纡。
杜鹃啼得花如血，正是行人在半途。

这首诗名为《过十八滩》，从描写的环境看，我断定解缙此诗留在绵津滩无疑。

历史浩瀚如烟，赣石之上承载的千年过往何其沉重。

如果按照储潭庙滩神的排列，惶恐滩之上还有一个麻元滩，这个麻元滩又在哪里呢？

寻找麻元滩似乎没有可能，过去的船夫、滩师年事已高，记不清楚，除非有滩神指引。但我并不甘心，《万安地名志》关于麻元这个地名的记载一共有两处，一处是在垦殖场，不在赣江边，另一处在涧田，虽在赣江边，但此处是昆仑滩左岸。惶恐滩与漂神滩之间并无麻元这个地名，这一段山高路险，弯道很多，万安水电站蓄水之前，这一段道路我曾经走过，那个时候江中有些什么我没在意，因为赣江中没有了船，再没有人去关注水下的物件。如果麻元滩在这一段江流的水下，它应该更靠近惶恐滩，因为惶恐滩之上有蜜溪水，蜜溪水左岸大山逶迤至江底，从地形上考察，麻元滩在这一处的可能性较大。但现在我什么也看不到了，一湖清水深埋了历史，也掩盖了苦难。

阅读文献时，我注意到王阮在诗中对惶恐滩加的按语："赣石三百里中有大小黄公滩，与万安县对，无甚险恶。坡公误听，以为惶恐，遂对喜欢。庆元二年十一月十四夜，余宿滩下，梦人绛衣素冠，辩论呦呦，略记其旨，似谓不愿人畏。余应曰：'滩指石尔，水何与焉？'其人有喜色。意者黄公耶？"根据这个记述，所谓的小黄公滩是不是麻元滩？

三

赣江在武术境内有三个滩。从万安县城溯江而上40里至大蓼滩，50里至小蓼滩，60里至武索滩。《万安县志》记载，大蓼滩有鹅鼻石，小蓼滩有曲尺石，武索滩有猪兜石，三个滩都很险，而且挨得如此之近，行船的难度可想而知。

查慎行在武索滩和小蓼滩分别留有一诗，他笔下的武索滩如是："问言洵有神，受令若酬酢。借取方便风，泥行免舞索。"而接踵而来的小蓼滩给了他更强烈的感受："后滩接前滩，川脉互萦绕。人间爪牙毒，为害长在小。"不过他把"武索"写成了"舞索"，"小蓼"写成了"小料"。

武术古时有多个说法，康熙年间县志称武朔，同治年间县志为武索，而查慎行明显是误听了船家的方言。《万安地名志》记载，清朝即有武朔市。朔为索之误，古称"五索"。后人认为五索束缚了当地人民的手脚，因而改名武术。武术是万安东南的一个大乡，万安水电站蓄水之前大部分居民已迁出，留在本地的居民不足五千人，可谓地广人稀。在小蓼村，支部书记黄海金带我看了他家老宅。房屋位于半坡上，是一座精致的农家小院，整幢建筑包括主体、附属和院墙。主体为土木结构一层平房，面墙为木结构，门脸雕花，因为荒芜已久早已剥落，厨房在主体的右侧，院墙为干打垒，院门是那种常见的飞檐翘角砖结构。黄书记告诉我，黄氏祖先在清朝嘉庆年间从福建上杭迁居于此，进入江西租了一条船，一家七八口人沿着贡江进入赣江北上，到了小蓼遇到风浪，船在小蓼滩遇险，好在秋冬时节赣江枯水，一场虚惊，一家人平安上岸。祖公环顾四周，对家人说，就此安家吧。上杭黄氏在图鹏下筑庐繁衍，两百多年已经繁衍成百余户的大家族。

1986年，万安大旱，我作为抗旱工作组成员前往武术，走的就是赣江边的沙石路。由于久不下雨，路面的黄土被车轮碾过，如面粉一般厚厚地浮着，车辆经过时尘土飞扬，车窗玻璃被浮土挡着，闷在车里无比压抑。我靠着窗不断用手擦拭玻璃，可是任凭我怎样努力都徒劳无功，只能看着前方蜿蜒的山路和绵延不绝的大山，车到武术乡政府时才结束这噩梦一般的行程。

武术十个行政村沿着赣江分布，圩场布局在赣江边，一条长街依地势而建，高高低低，青石板鹅卵石铺的街面以及木板建成的店铺，让这个圩场显得古旧而灵动。铺面的老板似乎习惯了在铺外作业，就连煎炸的柴火灶都砌筑在街面上。一大早满街上炊烟袅袅，满锅的热油滚滚，辣椒、茄子、苦瓜、豆角这些新鲜的蔬菜用面粉包裹着下锅，在热油中发出"滋滋"的响声。在客家人眼里，没有什么蔬菜是不可以煎的。尽管大旱，可逢圩时人仍然很多，有卖的，自然有买的，但凑热闹闲逛的人更多，逛累了找家店铺坐下，要几两烧酒，点一盆煎炸的食物，看着外头人头攒动的风景，慢悠悠地吃，或许是客家人最美的享受。

工作组迅速展开工作，每天沿着赣江步行几十公里，从武术步行到大蓼，察看灾情，组织灾民开展力所能及的自救，又从大蓼步行回到武术住宿。折腾了一个星期，等到塘干库枯时，面对旱情便无能为力了。

赣江水浅，大蓼、小蓼、武索诸滩石头露出了水面，像是生了根从江底下长出来，横七竖八，面目狰狞。我想这应该是两岸的大山透迤下来，被汹涌的江水冲击形成的地貌，在这样的江中行船犹如见缝插针，其危险程度可想而知。黄家因航船触礁就地安置应该也是无奈之举。

武索滩的对面有条小溪横过来，其实那是一条小河，《万安地名志》记载，皂口河发源于赣县三龙，经上下造、沙坪流入赣江，故称"造口"，俗称"皂口"。大江枯了，小河瘦成了一条溪。当年被金兵追击的隆祐太后之所以能够成功逃脱，靠的就是这几个险滩做屏障。隆祐太后的船队过了武索滩后迅速拐进皂口河，但皂口河是条小河，大船进入不到三公里，河道收窄变浅，大船无法行进，船队只好在佩溪上岸，经下马石、金坑、皂迳、弹前、分水坳进入赣县，到达赣州。

这个事件原本已经埋进了历史的故纸堆，几十年后又被辛弃疾打捞出来，一首《菩萨蛮·书江西造口壁》不仅让名不见经传的皂口河名声大噪，而且让南宋这段悲剧性的历史广为流传。在隆祐太后逃往赣州途中，弹前人许贵迎驾有功自然是要受到赏赐的。许贵是弹前人，我在弹前工作时，很多人都跟我讲过许贵的故事。

许姓在万安算是一个大姓，作为较早南迁的北人，许氏在弹前繁衍较快，其中几支陆续南迁，在清中期随着西迁的浪潮，南迁的许氏族人不少又迁回了万安。许贵在许氏族人中无疑是最显赫的一个，《万安县志》记载，许贵是礼部尚书。传说许贵得知隆祐太后从皂口河上岸，料定隆祐太后必经皂逕，这个地方离他家近，距离弹前四公里。许贵率领族人买了红毯，从皂逕一直铺到弹前。隆祐太后惊魂未定，踏上红毯心安了不少，心想这穷乡僻壤谁把场面搞得如此之大？到了弹前，问前面引路的许贵，这是哪儿啊？许贵禀告说，毯子前。这便是"弹前"名称的来历。但这个故事似乎经不起推敲，许贵若是礼部尚书，此时窝在家里干什么？我查阅《宋史》，礼部尚书的名单里并没有许贵，可为什么康熙、同治年间《万安县志》都记载许贵是礼部尚书呢？难道许贵这个尚书头衔是落难中的太后赏赐的？有些历史的谜团可能永远也解不开，但万安人的精明和忠君在许贵身上得到了完美体现。

四

从武术溯江而上进入涧田，境内有昆仑滩和良口滩，两滩相距不过20里。昆仑滩左岸为弹前乡大岩村，右岸为涧田乡麻源村。志书没有记载昆仑滩的形状，但庄绰在《鸡肋篇》中记载道，昆仑滩石觚棱芒角，飞湍迅流，如溅珠飘雨。如此险的一个滩似乎被诗人们忽略了，我没有看到关于它的传世诗篇。

这个地区都是客家人，讲的是客家话，自然资源较差，过去吃水上饭的人较多。客家人虔诚信佛，昆仑滩左岸的东林寺始建于唐朝，香火很旺。传说东林寺大雄宝殿内的雕龙画凤，夜间飞出寺外，光彩夺目，寺里的法师能治民间疑难杂症，因此扬名赣南。如今古寺没了，在原址上建了新寺，所幸寺东并排的三座宋代小舍利塔留存了下来，塔高三米左右，底座八边，塔身由三层麻石砌成，三座塔占地三十多平方米，周围用麻石砌墙，前有一个麻石香炉。这处遗址被列入江西省文物保护单位。

良口滩是吉安和赣州分水岭，查慎行过良口滩（旧称"梁滩"）写道："度吉此分疆，滩声一倍长。人家尽柴步，墟落米渔梁。"

在万安，良口是个知名度很高的地方，因为它在历史上是一个十分繁华的圩镇，有"小南京"之称，工商业的繁荣程度与万安县城芙蓉镇不相上下。在赣江上行船走水的人都知道良口，因为它处在赣江十八滩的中段，是一处泊岸歇脚的好地方。在诗词里，良口也不落寞，因为大诗人孟浩然的偶遇，让人幸会了一千多年前赣江边的良口。

赣石三百里，沿洄千嶂间。
沸声常浩浩，洊势亦潺潺。
跳沫鱼龙沸，垂藤猿狖攀。
榜人苦奔峭，而我忘险艰。

放溜情弥远，登舻目自闲。
暝帆何处泊？遥指落星湾。

孟浩然是去韶关拜谒张九龄，途经良口写下的这首《下赣石》。赣江十八滩，滩滩险恶，让船家胆寒，坐船的客人跟着惊魂。民谣说"船过十八滩，十船经过九船翻"，虽然有些夸张，但船毁人亡的事还是经常发生。良口滩旁有座土地庙，初一、十五进香者络绎不绝。庙边有个万人井，专门用来存放江上死难者的尸体。据说这井十分神奇，尸体存放井中半个月都不会发臭，足够时间等待亲属前来认领。孟浩然把良口视作落星湾无疑是一种美好的寓意。无独有偶，孟浩然的好友李白在《豫章行》中也写过落星湾，可这个落星湾并不是赣江十八滩上的落星湾，"楼船若鲸飞，波荡落星湾"，坐在湖中行进的船上惬意得很。良口滩是赣江十八滩中的第九滩，过了此滩风险减去大半，并且还有一处风平浪静的湾子泊船，孟浩然自然宽心。此时月落乌啼，江枫渔火，圩上的酒肆茶楼已是热闹非凡。

良口地理位置特别，它处在万赣边。良口的兴盛应该在张九龄开凿大庾岭之后，此时赣江航运繁荣，江上风帆缥缈，赣州人卢世杰看到了良口的商机，举族迁往良口，成为首批落户良口的居民。溯江而上南迁的北人跟着在良口安家，良口人口越聚越多，镇子越来越大，最繁荣的时候大小店铺有六百余家。

可是我来晚了。我没见过良口，我见到的良口已经沉没在了万安水库。芒种时节，万安水库调洪，我趁机登舟去良口，看到露出水面的废墟，尽是残墙、瓦砾、枯树蔸，还有一头断腿的石狮横在地上，因为长年被水浸泡而长满了青苔。谁能想到这里便是红火了一千多年的古镇。

带我去良口的是涧田乡文化站的何燕春，他是本地人，很有文化情怀，从小生活在良口，对良口充满美好的记忆。他告诉我，良口有两条街，以良江为界，良江由两条溪流汇合而成，一条源自兴国均村，该村是当年杨殷县的首府所在地，另一条由赣县田村流出，是当年万赣边委的核心区域，这两条溪流流入赣江时形成了一个大湾子。顺着何燕春手指的方向，朝那湾子望去，似乎还能想象当年湾子里的静谧与喧嚣。

良口历经千年，商贾云集，自然风物也不一般。良江北边的良口街，东起火烧坪，西至大榕树，长八百多米。南边是良子背街，西起赣江码头，东至小良坑口，长约三百米。两条街没桥连接时有船横渡，虽然并不方便，却多了一些水乡的情调。1946年，新干客商杨万丰独资建设良江桥，桥长二百多米，到1949年才完工。只可惜当年万安水电站因蓄水而炸毁了这座桥，同时炸毁的还有桥南的万良阁。这是一座六角形的古建筑，始建于明代，占地虽小，却造型别致，拱形尖顶，两层檐翘，每个檐角挂有铜铃，风吹铃响，悦耳之声终日不绝。门楣上刻有"万良阁"三字，两侧门柱上贴着一副楹联：

万里越长桥,车盖风云,鸿运流遍天下事;
良材成结构,楼台烟雨,龙山飞出地灵观。

良口街西端的大榕树向着落星湾,树干粗得五六个人抱不过来,夏天大榕树下人气很旺,聊天扯淡,破席草刷黄麻(客家方言)的人不少,还有打打闹闹的孩子。大榕树旁边有个悬空而建的大戏台,对面是鹅卵石铺就的广场,广场上的朝阳庙正对着大戏台,每当戏班子演出,四邻八乡的村民和船客蜂拥而至。这种建制体现了客家人人神共娱的文化传统。

良口街西北角有两座教堂。男堂在花园街后面,朝阳庙右拐向前走一段就到了花园楼,上了矮坡再往前走五六十米就到了男堂。顺着男堂围墙往前约百米就是女堂。每到礼拜日或特定假日,两个教堂都有神父或修女带领男女信徒做祈祷。神父都是外国人,大革命时期,这里上演了捉神父的群众运动,良口进步群众和学生打赢了一场反抗帝国主义的漂亮仗。

何燕春说,良口圩店房一栋连着一栋,店面不宽,厅堂很深,较深的有三个天井。这些店面大多为老字号,有杨万丰的郭源丰布行、杨万利的太兴号鱼铺、张吉米的南货杂品店、曾兴华的福寿长药店、廖顺利的豆腐店、李冠英的瓷器店等。店面较简单的大多为作坊和铺面。作坊有米行、糕点行、织席行、铸锅行、染布行、烟草加工行。铺子有铁匠铺、木匠铺、篾匠铺、弹棉花铺。除去店铺,还有杂乱的小摊,四面八方的村民带着自产的农副产品在此叫卖。良口每天都有市集（当地人称"逢圩"），赶集人从四面八方云集良口，街上人挤人，物挨物。逢圩的人中不少是外省外县的客商，操的是不同地方的口音。千百年来货物运输依靠水路，大宗商品如布匹、煤油、食盐、酒类、瓷碗等都是在樟树上船，樟树至赣州是逆水行船，水上靠竹篙撑，货船到了万安县城住上一晚，第二天一早请滩师过惶恐滩，到达良口已是傍晚时分，在良口住上一晚，第二天采购路上吃的再上船去赣州。良口有九个停靠码头，每个码头都很繁忙。江苏、浙江、上海所需木材都在赣南崇义、大余采购，木排运到良口需要停靠，客商、纤夫、滩师、挑夫也需要住宿，因此良口圩上的客栈很多，而且经常爆满。货物到了良口，挑夫挑起货物沿路分销，一船货需半个月才能挑完。何燕春给我说的这些，让我在脑海里复原了良口的旧时光景。

五

船过良口进入赣县境，前面还有九滩等着船家。根据各方面的文献记载，我曾深入赣县境内一一寻访。这一带也是万安水库蓄水区，人口和村庄都少，我能够得到的信息已经不多了，只能按照文献记载一一叙述各滩的特点。

位于金沙角的金沙滩，有晒禾石、舵梗石、眼睛石、老鼠笼；位于大湖江的往前滩，水流湍急，奇石星罗棋布，行船只能进不可退，否则就要触礁；位于夏浒村的狗脚滩，有米筛角、合子石、连矶石、堋盆石、狗象笼、斗蓬石；位于小湖洲的南风滩，有松树潭、洲湾潭、姐妹石、半筛子；位于夏浒村和高庙附近的天柱滩，江面鸟石林立，有蓑衣石、棋子石、圃官石、栏杆石、棺材笼、放舵石组成的滩群，是赣县境九滩中最险的一滩；位于新庙下石处的横弦滩，有鹭鹚颈、泡洞石、桥桅石、人头石、莲花石、冷石；位于水门塘江段的鳖滩险礁林立，有火烧石、火烧坪、东西老鸦、上下刁石、恭喜石、火烧泷、龙头石、蛤蟆石、中良石、吊排石、铁门槛、黄鳝笼、车巷子。临近赣州的两滩其险稍减，白涧滩因处白涧村而得名，桃园滩在玉虹塔下游水面，出了此滩就是章、贡两江相交的龟尾角，抬头望，八境台已在眼前。

　　文献记载江滩中的奇石门类繁多，让人眼花缭乱，咂舌称奇。可不知为什么各朝各代对赣县境九滩并未留下多少诗文，也许文人们把诗情都挥洒在了八境台上。

　　按照庄绰《鸡肋篇》的记述，赣县境内九险最险莫过于以天柱滩为中心的上下三个滩。我曾多次去过夏浒村考察，每一次去似乎都想发现一点什么。这次去，赣县的朋友安排了一艘快艇，我们在位于赣江十八滩中的天柱滩和南风滩的江面上来回穿行，水位很高，东岸的山显得很矮，西岸的村庄靠近水面，青砖黛瓦的建筑掩映在绿树之中。深秋时节，太阳仍是那么烈,路上的行人很少,静静地,我已经丝毫感受不到经过这两滩时的艰辛和恐惧了,更感受不到夏浒村当年街市的繁华。

夏浒村位于赣江十八滩天柱滩和南风滩的西岸。这两滩相距不远,是赣县辖区内九滩当中最险的两滩,这里水流湍急,明礁如林,暗礁横生,触礁沉船事故屡见不鲜。同治《赣县志》卷四《地理志·山川》记载:

> 鳖口在焉,舟人呼鳖滩。乱石纷矗,络绎不绝。又二十里至介平塘,则天柱滩也。天柱之石未至介平。十里即纵横龃龉,其圆而大者曰人头石,舟人呼罗门滩。其横而长者曰拗门,舟人呼虎头滩。介平之西有三石峰暗伏中流,舟必三折而过,浪涌如山,震荡心目,舟人始呼天柱。若遇水涨,舟从介平过,可避其险,是天柱三滩相连,实为一滩。盖滩之最长而险者。

难怪民间把这两滩称为黄泉滩。船至黄泉滩,船家会提醒船客上岸,货也要上岸,通过夏浒村之后船在前面恭候。船客少有不害怕的,乖乖听话下船,有钱的坐轿,没钱的肩挑步行,船在当地滩师指引下空船过滩。由于夏浒村地理位置独特,自古就是南北水上交通运输线上的重要驿站,更是北人南迁进入赣南的聚居地。至明代中期,夏浒村已是一个人口众多的繁华之地了。沿江由上而下排列着刘家、戚家、欧阳家、谢家和李家五姓码头，花岗岩和红砂岩大条石砌成的台阶，被大榕树的树荫覆盖着，是妇女们浆洗衣物的好地方。村内的枣树郁郁葱葱，一条卵石砌成的南北驿道穿村而过，古道两旁分布着石门楼、禾场头、凤儿巢、街下、石匠口、大街巷、横街巷、古钱坪、朱屋巷、新屋下、井盘巷、沟沿巷、花台角巷、金头脑巷、老书馆、水阁楼、圩高、马场、布档口等巷道街市。村内大小祠宇星罗棋布，南、西、北三面散布着太尉庙、戒珠庙、桥头庵、回龙阁、天井庵、得雨庵等庵堂寺庙，东边还设有存放货物的货场。这样的建制已经具备了一个圩镇的规模。至今夏浒村还流传着下雨天不打伞、不湿衣、不湿鞋的说法。

夏浒村人最为自豪的是古驿道两旁的十八花厅，它是赣南特有的建筑珍品，也是夏浒人才辈出的象征。传说早在唐代开元年间，夏浒村各姓总共有18位儒生同时进京赶考，他们都有各自的书童相伴，36人过川涉水历尽艰辛，提前了半个月到达京城，不巧的是其中一儒生因病不能参加考试，关键时刻儒生想到常伴左右的书童，不如请他代为应试，碰碰运气也好，谁知到了张榜公布时，18人皆中了进士。此事成为京城街头巷尾的热议话题。玄宗知道这件事后也很惊奇，下旨进行调查。不几日冒名顶替的书童被调查出来，但玄宗并没有生气，皇帝想，书童都能高中进士，那主子的学识岂不更了得？玄宗便宣旨：书童有这样的学识，赐其无罪，让其进士及第，传旨该书童的主子病好即日进行殿试。殿试结果让玄宗十分满意,当殿准其进士及第。玄宗又下一旨,宣另外17人殿试。结果依然没让玄宗失望,当殿赐封十八进士为学士。这18名学士荣归故里,由南向北依次建了一栋豪华建筑,俗称"十八花厅"。这种建筑为两进一天井的砖木结构,四周墙用青砖和小青瓦砌成,大门与天井间有一红砂岩条石板砌成的照壁,将厅堂分为前后厅;中堂与后门间有一木屏将后厅分为中堂和一小后厅,面向中堂的照壁上雕刻着人物花鸟、鱼虫走兽,无论是石雕还是照壁,其雕刻都形态各异,栩栩如生;照壁、后门与中堂的木屏间均可相通,屋内用一尺见方的青砖铺地,花厅处处雕梁画栋,十分精美。

明中期,赣江流域遭了一次瘟疫,有些夏浒村人继续南迁,村内人口逐渐减少,族谱记载的原居夏浒村的王、曾、郭、钟等许多姓氏逐渐消失了。至清末民初,夏浒村仅剩戚、谢、欧、肖、李五姓人家。戚、谢两家是自宋迁入的世家旺族,戚家是在宋端平元年(1234年)自中原迁入夏浒村的,欧、肖、李为后来者,李家是自福建返迁入夏浒村的。夏浒村至今还流传着这样的俗语,"戚家铜锣响,谢家的金子碗,欧家的烂板船,肖家的枣子园,李家李打铁",意思是说:戚家当官的多,回乡或出巡时鸣锣开道,所以说铜锣响;谢家是由南京乌衣巷迁来的,东晋时乌衣巷住着王导与谢安两大家族,其子弟大多当官,身着乌衣,故有乌衣巷之名,所以有谢家吃饭都用金碗之说；欧家即从事航运，船多；肖家从事种植业，枣园多；李家即从事航运及农具的制造，打铁的多。

　　这些是我此次去夏浒村听到的最有趣的故事。给我讲述这些事的人叫戚齐杰，一位八十多岁的老人，当了夏浒村三十多年的党支部书记。我问他夏浒村怎么又成了民族英雄戚继光的祖居地了？他告诉我，戚家六世祖明德立了战功，被朝廷派往山东蓬莱、威海戍边，戚继光为六世祖后代，山东那边不断有人到夏浒村寻根。历史的逻辑有时候真的是百转千回，就像这江亭上楹联书写的一样：

　　十八滩头浩渺烟波知是何年图画；
　　几点渔火无边风月尽归此处楼台。

贰 梅岭远在天边

大庾岭在城南二十里,为郡之镇。山形似廪庾,名因之。顶有石,平如台,亦名台。《汉志》所云台岭即此岭。多梅,南枝落,北枝开,自古称异。故又曰梅岭。秦时为塞上,亦曰塞岭。山属五岭之一,延袤二百里,螺转九磴至岭,登者难之。唐开元间,内供奉张九龄奉诏凿开新道,始通舆马。宋提刑蔡挺陶土甓甃,表曰梅关,以分南北。淳熙中,知军管锐加种红梅。下有馆驿,赵孟适匾曰梅花国。上有云封寺,又曰挂角。今立曲江祠,祀唐张文献。明成化间,知府张弼重修岭路,易甓以石,二十里悉为荡平,故塑像于曲江祠,以配文献。

——摘自中华民国《大庾县志》
卷二《地理志·山川》

一

大余这个地方像是一个历史符号烙印在我心里。因为工作的原因，我有许多机会南下岭南，自然也有许多机会返回岭北。有几次我特意在大余停留，去寻觅我心中挥之不去的横浦驿，这个驿站是岭北的终点，也是岭南的起点。驿站肯定是没有了的，我只能按照《大余县志》的记载，依稀辨明驿站的方位，感受两千年前马蹄嘶鸣的烟云。从这儿出发，我步行上了大庾岭，一路走来，脑海里不断浮现那个冬日的傍晚张九龄登临台岭的况味。

船到东山大码头，张九龄看到码头上滞留了不少人。几个人赶着驮满货物的骆驼和驴子往大庾岭方向走，张九龄跟在后面，听着骆驼颈上的铃铛在寒风中轻悠地摇响。上大庾岭的路不远，却很陡，仰头望去，山巅关隘巍耸，树木遮天蔽日，蜿蜒而下的道路狭窄而崎岖，路上的行人三三两两，或肩挑手提，或扶老携幼。等上了关隘，人挤在避风处，一块儿坐下休息，嘈杂的声音在关隘缥缈。

张九龄似乎也累了，他站在关隘的北方，看到章江逶迤北去。这条水路行船很难，但过了赣江十八滩就顺风顺水，没有比这条路更方便快捷的了。张九龄想着，转身走到关隘的南方，向着家的方向眺望，眼前山峰层峦叠嶂，起起伏伏，无边无际。北江很远，浈江很近，中间的这条陆路不仅狭窄，而且破烂不堪，他此时已是满怀惆怅。

这是开元四年（716年）冬日的一个傍晚，夕阳西下，余晖洒落关隘，光灿夺目。张九龄似乎并不急着赶路，他家在韶州曲江，离这儿还有二三百里地，这条路他已经走过多次，什么地方可以歇脚心里有数。此刻，他仰头望着岭上的台地，思绪穿越时空。

公元前219年，大秦将领屠睢受命率五十万大军征讨南越，沿鄱阳湖和赣江上溯至赣粤交界的山巅，在这里屯兵屯粮。副将赵佗率领三万兵马先行出发，并动用二十万刑徒，输送辎重粮草，一路所向披靡。屠睢与赵佗性情迥异，多年的征战让他心如铁，所到之处但凡遭遇抵抗便大开杀戒。仇恨长在南越人心里，在一个月黑风高的夜晚，屠睢最终被南越人伏击射杀。关于这一段历史，《淮南子·人间训》有个大概的描述：

乃使尉屠睢发卒五十万，为五军，一军塞镡城之岭，一军守九嶷之塞，一军处番禺之都，一军守南野之界，一军结余干之水。三年不解甲弛弩，使监禄无以转饷。又以卒凿渠而通粮道，以与越人战，杀西瓯君译吁宋。而越人皆入丛薄中，与禽兽处，莫肯为秦虏。相置桀骏以为将，而夜攻秦人，大破之。杀尉屠睢，伏尸流血数十万，乃发谪戍以备之。

屠睢的死最终导致秦军全线溃败。公元前214年，秦始皇派任嚣接替屠睢，与赵佗再次征讨南越，这一次终于顺利完成了平定大业，了却秦始皇一桩心愿。这一年大秦帝国在赣粤边设立横浦关，并在横浦关以北广袤地区设置南壄县，在广袤的岭南版图上开始大一统的国家部署，除了在湘江上游人工开凿灵渠以沟通湘、漓二水外，还在江西与广东的交界处开辟陆路通道，以短距离的陆上通道，沟通被崇山峻岭阻隔的江西赣江和广东北江，使广东与长江之间出现了一条比陆路距离更短的特殊水上航线。

两次南征，赵佗均为副将，平定南越之后，任嚣任南海郡尉，节制桂林、南海、象三郡，与任嚣并肩作战的赵佗不过是区区一个县令，但此人深藏不露长于谋略，他与任嚣私交甚密，在秦末大起义时，病入膏肓的任嚣叮嘱赵佗要见机行事，或可画地自立。任嚣去世时，秦朝已经灭亡，中原大地被项羽分封，一时间诸侯林立。赵佗则派兵断绝军事要道，依山傍水，以大海为屏障，将东西几千里的疆域收入囊中，并自立为南越王，最终成了这场战争的最大受益者。

赵佗建立南越国，南中国版图再次撕裂。对大汉而言，横浦关实际上是南疆的边界，而南壄便是大汉控制领地的终点，横浦关上的台岭自然成了大汉南疆的要塞。汉武帝自然接受不了这个事实，他派出庾胜统率大军讨伐南越，戍守横浦关。这真是"秦时明月汉时关"，庾胜在岭上建寨，文献记载寨上的建筑形似禀庾，这种如粮仓一样的建筑，用作屯兵屯粮，坚不可破。而这处关隘也因为庾姓被世人改称为"大庾岭"。

赵佗的寿命很长，长到令人羡慕的102岁。对南中国的这块版图，强势的汉武帝岂能放过？公元前111年，杨仆拜楼船将军，联合伏波将军路博德平定了南越国，大汉帝国江山一统，杨仆被封为将梁侯。作为进入岭南的孔道，大庾岭处在罗霄山脉南麓诸广山，延袤二百余里，其西面大山绵延，直插云端，并分别向南北延伸，海拔在1000米到1500米，"螺转九道而登顶"，不具备开凿道路的条件。然而大庾岭东面比较平坦，峰谷处海拔只有300米，地势得天独厚，峰谷南北两侧距江西境内的章水和广东境内的浈水很近，两地陆路全长仅50余公里，是一条理想的沟通南北运输的线路。自秦以来的八百年，历朝历代都没有放弃对大庾岭的修葺，但是不断的战乱使大庾岭通向岭南的孔道修修停停，而且这条孔道自秦开辟以来就十分狭窄，有碍于南北运输。开元年间的唐王朝，经贞观以来近百年的励精图治，进入了最为繁荣的盛世，岭南以沿海之利，造就了广州海上交通门户的大商港地位，大庾岭商道空前繁忙。开凿大庾岭古道，改善南北交通显得非常迫切。

开元四年发生了很多事。还是八品上左拾遗的张九龄以"封章直言，不协时宰"朝谏，招致时任宰相姚崇不满。这年秋天，张九龄以秩满为辞，去官归养，回到岭南住了一年多。而这天傍晚的大庾岭考察便决定了他闲居不得。张九龄走完了南下岭南百里陆路，对大庾岭"人苦峻极"的险阻深有感受。回到家中，他铺纸磨墨向朝廷状请开凿大庾岭路。张九龄的建议得到朝廷批准，他挑起了开路重任，趁着农闲征集民夫，开始了长达一年的凿路工程。

我曾经在回岭北的途中专程去了珠玑巷，这个地方地理位置十分独特，北距大庾岭20公里，是北人南迁进入岭南的第一站，因此被韶关客家人誉为"家焉"，更是被广府人视为祖居之地。珠玑巷真有一条巷，全长1500多米，用鹅卵石铺砌而成，有着1100多年的历史，被誉为"广东第一巷"。我在珠玑巷一家烧鹅店吃过饭，驱车去了大庾岭，从南面登临大庾岭。南面的路似乎比北面更宽，坡度也要缓一些，路两边栽种的都是梅树，时为深秋，我没遇上梅开的花事，但我能想象早春时节梅开得壮观，有了这些红粉白黄的伴随，这条古道应该不会寂寞。

几次游历大庾岭，对于这个饱含历史记忆的关隘，我心里充满了好奇和疑惑。张九龄以一个闲官的身份何以组织完成如此浩大的工程？又是什么样的情怀给予了张九龄如此大的动力？在浩如烟海的历史文献记载中，如张九龄这样的人物又有几何？如果曲江没有张九龄，大庾岭这条南北商道会不会在历史的烟尘中消弭？大庾岭商路修成之后，张九龄撰写了《开凿大庾岭路序》，万般情愫俱在其中。

先天二载,龙集癸丑,我皇帝御宇之明年也。理内及外,穷幽极远,日月普烛,舟车运行,无不求其所宁、易其所弊者也。

初,岭东废路,人苦峻极。行径夤缘,数里重林之表;飞梁嶪嶪,千丈层崖之半。颠跻用惕,渐绝其元。故以载则曾不容轨,以运则负之以背。而海外诸国,日以通商,齿革羽毛之殷,鱼盐蜃蛤之利,上足以备府库之用,下足以赡江淮之求;而越人绵力薄财,夫负妻戴,劳亦久矣。不虞一朝而见恤者也。不有圣政,其何以臻兹乎!

开元四载冬十有一月,俾使臣左拾遗内供奉张九龄,饮冰矢怀,执艺是度,缘磴道,披灌丛,相其山谷之宜,革其坂险之故。岁已农隙,人斯子来,役匪逾时,成者不日。则已坦坦而方五轨,阗阗而走四通,转输以之化劳,高深为之失险。于是乎镂耳贯胸之类,殊琛绝赆之人,有宿有息,如京如坻;宁与夫越裳白雉之时,尉佗翠鸟之献,语重九译,数上千双,若斯而已哉!

凡趋徒役者聚而议曰:"虑始者功百而变常,乐成者利十而易业;一隅何幸,二者尽就!况启而未通,通而未有,斯事之盛,皆我国家元泽寖远,绝垠骨泊;古所不载,宁可默而无述也?盍刊石立纪,以贻来裔。"是以追之琢之,树之不朽。

大庾岭古道的修通,改善了南北交通,使之成为连接南北的主要孔道,后人誉之为"古代的京广线",不仅为唐代南北交通做出了巨大贡献,而且造福子孙后代。宋代大量移民南下,大庾岭路对他们来说是最快捷便当的通衢大道。张九龄居家时间,与曲江县尉王履震、韶州王司马来往密切,诗酒唱酬,结成知己。开元五年(717年)夏秋之间,张九龄与王履震一起来到广州,写下了《与王六履震广州津亭晓望》:

明发临前渚,寒来净远空。
水纹天上碧,日气海边红。
景物纷为异,人情赖此同。
乘槎自有适,非欲破长风。

张九龄是诗人,大庾岭古道修成之际,他动员人力到处寻梅,在古道两边的空地上广植梅树。站在大庾岭关隘之上的张九龄,仿佛看到了一个梅花盛开的花海,他欣然提笔为这座千年古隘题写了"梅岭"二字,并叫人刻在石碑上,从此古隘有了一个充满诗意的名字。

岭南与中原合二为一正是始于梅岭。879年,黄巢军通过梅岭挺进岭南,旋即占领广州。"欲据南海之地,永为巢穴",唐代名将高骈屯兵大庾岭南击黄巢军,唐军在大庾岭路上进出自如,而黄巢则被困在岭南,最终败在高骈手下,自湘桂之地逃回中原。南宋时蒙古军将领李恒由梅岭南下袭取广州,为其后来进军厓山取得了非常关键的根据地。类似的战事不一而足，从战争角度看，梅岭古道自诞生起就多次影响了中国历史的走向。

但是，在漫长的历史中，梅岭更是一条繁华的商道。漕运经过于此，荔枝经过于此，盐运经过于此，丝路经过于此，无数商人的情感和命运经过于此，而维系朝廷的钱袋子同样经过于此。所以在明正德年间，这一带土匪横行，这才有了王阳明南赣平寇，建立卓越功勋，彰显阳明心学的不世之奇伟。实际上，自宋代以来，梅关古道有记录的大规模修铺路面就达十几次，部分路段还铺上了砖石。北宋靖康年间，宋室南迁，南雄珠玑巷一带迎来了史上最大规模的移民潮，这些中原人经由珠玑巷，再辗转至广东各地，为整个岭南地区注入了新生力量，尤其是珠三角一带河网纵横的荒野地区。此地在宋朝时基本都是来自江南一带的百姓，正是由于人口的大举南迁才有了后来珠江三角洲的辉煌。南宋之后，岭南地区的人文、经济得以突飞猛进，开始出现岭南文化往北输送的反哺现象。其实，当时岭南地区居住的大多数是中原人，文化源流上与北方本无泾渭之分。宋、明历史中出现的大量广东籍名人，从本源上说，其实也是中原人。中国的人口版图和文化版图的拓展和延续，使中华文化无论在何等残酷的背景下都能得到传承。

清中叶时期，首批南迁的中原人已彻底成了"广东土著"，太平天国烽烟四起时，大批中原居民再度由梅岭古道及海上涌入广东，他们正是今天的"客家人"。唐代以来的数次人口南迁,梅岭古道正是其中最关键的催化剂,因而在唐至清时期,珠玑巷一直是内陆与岭南之间的重要交通枢纽。

对于建都北国的朝廷,梅岭似乎远在天边。然而,梅岭变幻多姿,永远充满迷人的魅力,正如白居易所言:"大庾多梅,南枝既落,北枝始开。"地处大庾岭北麓的南安,历史上被称为"岭北首郡",是沟通中原与岭南的要冲,横扼赣粤之咽喉。北宋时期,为增强章江航道及大庾岭驿站管理,打击海盐走私,宋廷设置南安军,治所设在大余。南安府成为古代中国"高看一眼,高配一级"的州府之一。

莆田人余光璧是大余县令,他在《种梅记》中记述:

梅岭,险而多梅,南枝落,北枝开,唐以前即有是语。岭名梅,古矣。旧志谓本以台侯梅鋗得名,至宋知军管锐始种梅实之。余惑焉,梅之寿不能数百岁。唐宋至今,前乎管,后乎管,必皆有种者。同时,赵孟适扁馆驿曰梅花国,意淳熙间,管种为特盛耳。予甫至,稽树数约三十株,而老且枯者半,再至三,至已损十之三,觅善本百益之不一活。询之居民曰:弱植移种,不任烈日严霜,且伤于樵采及人马践踏,无足怪。若种以果核,就人迹不到,禁樵,苏一年过膝,三年人立,不十年即夹道成阴矣。予师其法,购梅实盈石,得斗核以二百余颗,种岭麓崖上,石有土者。半之道左,临坑谷,蹄迹不经者多至五六百颗。依老树前后种,颗亦满百。稍远道周陂陀而盘折者，约五百有奇。虑其出不齐，种于颗之旁为之副者如其数。自下至岭，虚者实之，疏者密之，缺者补之。种梅核三千余颗，果若人言，十年以后即可成阴，则过是岭者若舆、若马、若徒步、若负戴、若担暑，资其荫寒，赏其花，可以忘劳，可以释憾，而岭之险不几于失乎。此予种梅意也。不知者以为慕子猷竹安仁花，欲与管公争千古之名。过矣，夫岭本以梅得名，欲尚不欲古人附会，没其实肯，自以为名耶。竣事作记，以俟后乎余者，同此心，体此意，复师此法，以为不费之惠云尔。

　　梅花的花语是坚强、高雅和忠贞。梅花不仅以美丽的花朵和独特的香气受到人们的喜爱，更因深厚的文化内涵和象征意义而被士人赞颂。在余光璧的记述中还有一个种梅人，他就是宋代知军管锐。据中华民国《大庾县志》卷九《职官·名宦》记载，管锐是南阳人，淳熙中知南安军，勤政爱民，增修学舍，士民怀之，立生祠学宫，额曰"颂禧堂"。作为南安军政首长，他有种梅之心，实属难得。据说他种的都是红梅，毕竟红色喜庆。我好奇的是，这样一位好官，怎么只有寥寥几句话记述呢？南安军设立于淳化元年（990年），他种梅的时候，世上还没有苏东坡，等苏东坡经过梅岭时，梅树已经枝繁叶茂，虽然他错过了梅花盛开的时节，但他看到漫山遍野的梅树，于是写下了《赠岭上梅》：

梅花开尽百花开,过尽行人君不来。
不趁青梅尝煮酒,要看细雨熟黄梅。

不管怎样,管锐种的梅给经过梅岭的人们留下了不可磨灭的记忆,作为地方官员这已经足够了。

二

历史走过来,梅岭不再遥远。

当年张九龄播下的种子,在南中国版图上结下了丰硕的果实。广州口岸日渐繁忙,大庾岭上风云际会,赣江十八滩风帆正劲,一条商路走活了大宋。

在大庾岭,我看到长满青苔的关墙,心里一直想着张九龄。这是一个有思想有作为、具有战略眼光的政治家,他在官阶很低的时候就做了一件福泽千秋的大事,让我心里油然而生敬意。

处在这条商路重要节点的赣州,古称"虔州","据五岭之要会,扼赣闽粤湘之要冲",自古就是"承南启北、呼东应西、南抚百越、北望中州"的战略要地。到了宋代,中原通往闽粤湘桂的路线都是经过赣江十八滩到达赣州的。赣江十八滩的两头,一头是赣州,另一头是万安。根据《万安交通志》记载,还有一条陆路古驿道经过万安,舟船行至万安武术上岸,经黄塘至兴国，走瑞金进入福建。这一条路线同时也是北人从鄱阳湖上岸，通过雩山山脉经万安进入福建的第二种选择。赣江十八滩的两头留下太多人的过往，只是历史的时空过于深邃，太多的过往都被历史的烟云遮盖。

位于章江和贡江交汇的宋城临水布局，宋代遗存古城墙坚固雄壮，是中国唯一保存完好的铭文砖城墙。筑城墙者心用到极致，技术用到极致，难怪有"铁赣州"的美誉。宋城建有镇南、西津、涌金、建春、百胜五座城楼，各有一座大城门，从章江方向逶迤到贡江，在两江交汇的龟尾角城墙上还有一座名闻天下的八境台，这座精致的建筑留下了宋代以来许多文人的诗词书画，细细看完，最能体会"一座赣州城，半部宋代史"的说法。宋城保存完好，仍在使用的包括古福寿在内的代表宋代最高建筑设计水平的下水道系统，以及由100条木舟铁索相连排列的古浮桥，还有耸立在贺兰山上让人流连忘返的郁孤台。这所有的一切似乎都在无声讲述着宋代赣州的繁华。

在赣江十八滩的另一头，万安在宋代也迎来了设县的机会。熙宁四年（1071年），由王安石主持的熙宁变法已经进入第二个年头，这一年万安升格为县，县址由先前万安镇所在地云洲迁入惶恐滩头。这个举动让我想到熙宁变法的良苦用心。北宋危机重重，尤其是国库空虚，以增收为目标的变法迫在眉睫。而设立万安县治的目的就是增加税收。辛弃疾有词说："汗血盐车无人顾，千里空收骏骨。"为了钱，汗血宝马都累死了。在这样的情况下，喉控赣江十八滩、得尽地利的万安设县就很自然了。可以说，万安设县饱含了政治家的政治理想和现实需要。我能查到的资料表明，万安设县对增加中央财政收入发挥了很好的作用，这个作用到清中叶还没有消弭，甚至在清嘉庆前后，万安人口猛增至30多万，这足以说明当时万安经济繁荣，聚集了大批南来北往的人。

遗憾的是，万安古城保存完好的只有两处，一处是古城墙，另一处是尚书巷。万安古城墙始筑于建县之初，保存下来的是明代砖城墙，全长近千米，是国家级文物保护单位。尚书巷为明代建筑，是朝廷给予尚书朱衡的奖励。朱衡的家乡原在万安西塘，由于朱衡的卓越成就，朝廷令地方在县城修建了尚书巷。万安历史上曾出过几位尚书，能得到朝廷这种奖赏的，唯朱衡一人。

朱衡乡下的老宅仍在，我专程去过。村前的山呈弧形排开，流经村庄的遂川江朝东北方向流去，朱氏卜居于山与河流中间的盆地上。江南传统村落讲究前有案山后有靠山，不知为什么，村庄的朝向从了河流的流向，后山便成了侧山。这样的安排似乎有悖常规。在这个村庄，我发现了一些有年头的元素。一段扇形的村墙蜿蜒数十米，厚厚的明砖在三合土的缝隙间长出了野草。村墙只是村庄北面的一小段，在我的想象中，原始的状态应该是呈圆形围合村庄。这个判断在另一处遗存的村门得到了证实。村庄的老人回忆，村门外的小溪上过去有一座桥，旁边有一个亭子，亭子旁边还有系马桩，进入村门须在此停留。现在小溪还在，别的都没有了。那一段遗存的村墙下有一眼塘，后面是一个大礼堂，是人民公社时期非常普遍的那种建筑。但礼堂前的一对石狮却很有年头，浑身透着铜绿，造型也极别致，个头不大却硕实剽悍，张开的嘴带着威严。显然这不是人民公社的物件。当地人说，大礼堂的位置过去是朱氏的家祠，大礼堂是拆了祠堂翻建过来的，祠堂的旧物悉数用在了礼堂里，形制的变化使原有物件的灵气消失了，让人十分惋惜。当地人说，人民公社的权威至高无上，村里人哪敢说不？但这对石狮被意外地留在了原址，让人匪夷所思。

这个村庄发展了四百多年，扩张到了村墙外面，村墙里面的老房子没剩下几栋，房子门前的草封了大门。但是外墙上的小条窗却十分显眼，这种窗户的形制讲究的是封闭内敛，或许这也是朱氏一脉在文化价值上的选择？这种选择随着一个人的出生而被质疑甚至被削弱。明正德七年（1512年）农历二月七日，春寒料峭，村庄里飞来一群白鹤，盘旋在村庄的屋顶，欢快的叫声让所有人的神经变得亢奋。此刻一个男婴正从母腹中分娩，他的啼哭让天使一般的白鹤更加兴奋，它们飞翔在村庄的上空，忽高忽低，像是在完成一场盛大的仪式。村里人出门举目望鹤，内心满怀狐疑，这孩子的出生将意味着什么呢？"鹤鸣于九皋，声闻于天。"这是《诗经》里的句子，村里有人读过书，一番绘声绘色的渲染，让人相信这孩子身怀异禀。孩子的父亲内敛低调，给孩子取名为朱衡。"衡"本义是绑在牛角上以防触人的横木，用作度量则是公平公正之意。

朱衡自小就不同凡响，11岁补邑弟子员，14岁考入学宫，每次考试都独占鳌头，19岁参加乡试考中举人，20岁参加会试高中进士。嘉靖十一年（1532年）深秋，朱衡离开了这个叫西塘的村庄。像是为这个年轻人送行，西山的红枫格外鲜艳。朱衡乘坐一艘小船从村边的河流启程，向着遥远的福建尤溪进发。尤溪不是一般的地方，它是宋代著名理学家、教育家朱熹的诞生地，而此时的朱衡却还是一个毛头小伙，前几天还跟着父亲下地干活，现在他就要治理这个县，怎么治？朱衡唯一的优势就是特别能读书，记忆力惊人。他知道自古以来凡是能留下美名的官员无不简约，不折腾老百姓。朱衡在尤溪做了一年知县，似乎没有什么特别的表现，接着履新婺源知县，悄无声息地离开了尤溪，然而尤溪在他心里已经种下了一颗种子。

那时候婺源还属于徽州的地界，徽州人生意做得大，好张扬，屋上的翘角飞檐比别的地方都高。此时的婺源藏龙卧虎，地位最为显赫的是汪铉，此人是明代唯一的吏部和刑部两部尚书，权倾朝野，他曾率领官兵抵抗葡萄牙军队的入侵，赢得了好声誉。应该说汪铉是不错的官，对朱衡这个婺源父母官格外器重，多次给朱衡带话让他好好干，可朱衡辜负了尚书大人的一番好意。事情的起因是汪家公子趁着朱衡不在，竟把酒宴办到了府衙，朱衡回来见此情形，气得不行，衙府乃庄重肃静之地，岂能容你小子放肆？他叫人把桌子给掀了。事情传到汪铉那里，这还了得，一点面子不给，得给这个愣头青吃点苦头了。一年之后，朱衡离开婺源任刑部主事，到了汪铉的手掌心。可朱衡并没有感到不自在，做自己的事，吃自己的饭，好像从没有过掀桌子那回事。汪铉对他好像也无可奈何，但却不想看到朱衡，过了一年就找机会把这小子外放出去了。

从嘉靖十一年入仕，到嘉靖四十四年（1565年），共计33年，朱衡先后做过大大小小的官，其中包括福建提学副使、山东布政使、右副都御史、工部右侍郎等职。要说朱衡运气真是不错，其间他遇到的贵人真是不少。首辅夏言要提拔他做吏部侍郎，朱衡说，我们是江西老乡，你提拔我对你不好吧？夏言说，我是贵溪人，你是万安人，相距数百里，能有什么不好？朱衡说，我还是去地方上做点事吧。之后去了福建做提学副使，在这个岗位上他做了一件名垂千古的事，即编著《道南源委》。这部书在当时似乎没有多大影响，但在当代国家重点图书出版计划中，北京大学编纂的《儒藏》收录了这部著作。这部著作系统地梳理了儒学流派，以程颢、程颐为"南学"之源，细说宋、元、明数百人生平事迹、学说要旨。卷三对朱熹详加介绍，反映出朱衡对程朱理学的崇奉，在尤溪种下的那颗种子在此开花结果了。

朱衡有才而且心正。高拱做首辅时，对朱衡倍加关照，几次要提拔他，朱衡说家里父母需要照顾，没有能力担太大的责任。高拱知道，朝廷倾轧厉害，朱衡这小子是不愿蹚浑水。而在朱衡看来，这一时期官场杀戮过于惨烈，夏言是多好的一个人，才做首辅几天就把命给断送了，自己又岂有扭转乾坤之力？还是为国为民做点实事为好。

嘉靖二十四年（1545年），朱衡父亲去世，他回到西塘。多么清静的村子，多么清澈的河流，多么青翠的山林，多么质朴的乡亲。但他在乡亲们的心里毕竟还是朝廷命官，是村庄的脸面。那个时候村庄还没有村墙，可溪边的亭子建起来了，溪上的木板被抽去，做成了石砌的拱桥，还在山上取来石头凿成系马桩放在溪旁。在这个村里，朱衡似乎很孤独，而这种孤独并不是他所需要的。

再回朝廷时，严嵩做了首辅，朱衡进入他的视野。严嵩以同乡的身份希望与朱衡结交，朱衡却并未表现出受宠的热情，这让严嵩很不高兴——这个不知好歹的东西，晾着他好了。而在朱衡心里，纵然晾着也比充当官场打手好百倍千倍。有许多年，朱衡没有被委任什么像样的职位，可他内心却是充实的，就像西塘结满了果实的那棵树。

嘉靖三十三年（1554年），朱衡母亲去世，他再次回到西塘。就像当年赴任一样，他乘坐的还是一艘小船，悄悄地在河边停靠，悄悄地进了村。他没有骑马，不需要过那座官桥，他需要自由地在村庄飞翔，就像当年为他庆生的那一群白鹤。每次回家他都希望看到那一群白鹤飞临，可是他始终没有看到过。他看着天空任凭思绪纷飞。这一年族长提议建村墙，不是为防盗，而是为防洪。每年春夏之交，遂川江江水上涨，常常淹没村庄。村墙有用吗？朱衡有些怀疑，但长辈们坚持，他不能再说什么，于是村墙在冬天冰雪来临之前围合了村庄。站在围合中的房舍前，朱衡感到了一种从未有过的痛苦。他不需要被供起来，他希望融入青山绿水，他希望听到左邻右舍的声音，而现在他只能仰望苍天。

继严嵩之后，徐阶做了首辅。这个上海人是阳明心学的推崇者，自称是阳明先生的学生。这与朱衡在学术上的见地差别不小，在某种程度上，朱衡对陆王心学并不认同。但朱衡觉得徐阶还是不错的人，跟他搭班子的张居正也貌似正人君子。

嘉靖四十四年，黄河在沛县决堤，运河淤塞百余里，漕粮都进不了京。这时候朝廷把时任南京刑部尚书的朱衡从冷板凳上请下来，改任工部尚书兼右副都御史总理河漕，自此，朱衡开始了长达十多年的治河生涯。朱衡不负朝廷重托，《明史》对他这一段经历也浓墨重彩。在掌管工部期间，朱衡禁止兴建工程，节省多余开支，减轻百姓负担。朱衡不畏艰险治理水患的精神和体恤民众忧国忧民的作风受到朝野认可。1567年，明穆宗朱载垕继位，改年号为"隆庆"，朱衡被加封为太子少保，这是他生前获得的最高头衔。

万历二年（1574年），张居正位居首辅，继续推行"隆庆新政"。张居正几乎一手遮天，对于张居正的所作所为，朱衡心里是看不过去的，两人在很多问题上产生分歧，由分歧而争吵，由争吵到你死我活的斗争，最后的结果毫无悬念，朱衡被弹劾致仕，连太子少保的头衔也被剥夺。这回他一无所有地回到了西塘，地方官员也没来看他，官亭和系马桩空空如也，可他心里却无比轻松，他可以享受村庄那份独有的恬静了。在《十四夜待月》中，朱衡写道：

> 日入石梁暝，携僧待华月。
> 万籁方澄莹，孤钟助凄越。
> 素影澹青襟，清辉鉴玄发。
> 忼焉遐意存，畅矣浩歌发。
> 歌声难以竟，流响振林樾。

歌声自然是他心里的，可他还能够听到这歌声在林间回响。朱衡是官员，更是学者，身处江湖之远，竟有如此淡泊的心境。

万历十二年（1584年）七月，朱衡在西塘去世，享年73岁，距离致仕回西塘居住整整十年。让西塘朱氏欣慰的是，朱衡死后，万历皇帝追谥他为太子太保，并令地方在万安县城建尚书巷。朱衡一房从西塘搬入尚书巷，享受朱衡带给他们的无上荣光。

三

其实，疏通大庾岭商道，单单开凿大庾岭远远不够，因为前面还有赣江十八滩。克服行船的困难意味着还要凿滩，历朝历代太多人为此付出了太多努力。这其中都有谁呢？储潭庙有十八滩神，这些神是人是鬼呢？这些金身菩萨不可能是无来由地安放上去的，他们定有来由。

每一次我去储潭无非就是想寻找答案，但我每次都是失望而归。难道十八滩神真是人们心中的一种想象吗？按照我的逻辑，应该真有其人，这些人或许就是历朝历代凿滩平险的好人，人们感念他们，在祭祀的同时，也乞求他们的保佑。可他们都是谁呢？在我能掌握的资料中有三位官员，他们分别是唐代虔州刺史路应、宋代虔州知府赵抃和清代万安知县张成章。

贞元四年（788年），虔州刺史路应"凿赣石梗险，以通舟道"。这是见之于史的第一次疏浚赣江十八险滩，在张九龄开凿大庾岭道之后72年。路应的功绩彪炳史册。

路应是陕西西安人，他的父亲路嗣恭在唐代宗、德宗时任过岭南节度使、兵部尚书等职位，路应因门荫而入朝为官。开始做的是主管著作局、职掌撰拟文字的著作郎。《全唐诗》收录了路应的一首诗——《仙岩四瀑布即事寄上秘书包监侍郎七兄吏部李侍十四韵》：

绝境久蒙蔽，芟萝方迨兹。
樵苏尚未及，冠冕谁能知。
缘崖开径小，架木度空危。
水激千雷发，珠联万贯垂。
阴晴状非一，昏旦势多奇。
井识轩辕迹，坛余汉武基。
猿声响深洞，岩影倒澄池。
想像虬龙去，依稀羽客随。
玩奇目岂倦，寻异神忘疲。
干云松作盖，积翠薜成帷。
含意攀丹桂，凝情顾紫芝。
芸香蔼芳气，冰镜彻圆规。
胥念沧波远，徒怀魏阙期。
征黄应计日，莫鄙北山移。

史传他有长者器度，能包容人。唐代宗时，大臣李泌与宰相元载不和，被贬到江西。当时路嗣恭正任江西观察使，他与元载的关系很好，李泌非常害怕。唐代自安史之乱后，藩镇割据，朝廷任命的节度使、观察使权力大得惊人，可以随意杀人。一次，李泌与路应骑马同去见路嗣恭，李泌的马不老实，咬伤了路应的腿，李泌很紧张。路应忍痛拜见其父，绝口不提被咬伤之事，李泌十分感激。唐德宗时，李泌做了宰相，有一次唐德宗与李泌在一起闲谈，唐德宗说："谁对我有恩，我就一定要回报他。"李泌便趁机将路应照顾他的事说了，称赞路应是忠厚长者。唐德宗当天便任路应为检校屯田郎中，赐金紫之服。路应从此步入地方大员的行列，历任常州、温州、庐州、虔州刺史。

贞元元年（785年），路应出任虔州刺史。在任期间，他见高琰修的土城墙因风吹雨打出现坍塌，就又用陶烧砖修缮城墙，以加固城池。《赣州府志》记载，路应在赣州任上，心里想着百姓，水灾旱灾时，将官府库稻谷卖给百姓度饥荒，等丰收年再收粮归还官府库，因此他管辖的州县，百姓少有因饥饿而病亡的。路应任上还组织了一次较大规模的凿滩行动，开凿赣州至万安的赣江十八滩，以疏通航道。但是他是怎么凿滩，又凿了哪些滩，这些疑问都隐没在了一千多年的时空中。不过我想路应治滩只是初步的，不然就不会有后来者了，我欣赏路应的是这个"第一"：第一的智慧和见识，第一的决心和毅力，第一的胸怀和抱负。

赵抃是个很有意思的人，在北宋官场他是"铁面御史"，这个名号不是虚传。濠州知州不按规定给士卒发放衣食，兵士扬言兵变。知州害怕，太阳未下山便紧闭城门不办公，转运使函令赵抃代他处理此事。赵抃到濠州后，像平时一样从容办公，成功安定濠州，声震京师。翰林学士曾公亮不认识赵抃，却举荐他为殿中侍御史。赵抃在任上不避权贵佞幸，遂有"铁面御史"的美誉。

赵抃生于宋真宗大中祥符元年（1008年），浙江衢州人，年少时父母双亡，由长兄赵振抚养成人。他天性良善。景祐元年（1034年），赵抃中乙科进士，任武安军节度推官。当时，有人在大赦前伪造公章，在大赦后使用，执法人员认为他该死，赵抃说："大赦前没有使用，大赦后没有制造，不该死。"于是罪犯免于一死。

嘉祐六年（1061年），赵抃出任虔州知府。他工诗善书，是一位钟爱自然、寄情山水的性情中人。史载，初来虔州上任的赵抃"以一琴一鹤自随"。赵抃为政简易，体恤百姓，致力于营造一个"自耕其田、自得其乐、岁丰无盗、狱冷无冤"的太平世界。因与周敦颐为故交，曾出任濂溪书院主持。赵抃闲云野鹤式的官场生活，造就了虔州历史上难得的淳厚文化氛围，在赣州留下相当不错的声誉。

虔州一向难治，赵抃为政严厉而不苛刻，将政令下达给各县令，层层监督，人自为治。各县令都愿意尽其力，监狱为之一空。岭外官员去世后，多半无法归葬，赵抃造船百只，告诫各县说："官宦人家有无法回家的，我都帮助。"于是来求助的人接踵而至，赵抃都给他们船只、盘缠。

同治《万安县志》记载："安得复有赵清献公凿去险石，以开万世之利耶。"遗憾的是，赵抃是如何治滩的，史无记载。文天祥在《重修知军赵清献公祠记》中说："清献距今二百余年,赣石公所凿也。"徐鹿卿在《出滩赋滩诗》云:"清献昔疏剔,不露斧凿痕。"或许是夜宿惶恐滩的经历让赵抃刻骨铭心,任虔州知府期间,他尽其所能疏凿赣江水道,成为船家们心中的菩萨。

张成章于68岁高龄被任命为知县,堪称传奇。

我知道张成章,是看了万安民间人士刘明生先生编的《万安人物》,吸引我的是张成章任知县的年龄,以及上任时拖家带口的表现。古代用人制度让人称奇,68岁居然可以外放任父母官。出于好奇,我从各方面收集张成章的资料,在这个过程中,我越来越走近了这位古代县吏。

根据张成章的家谱记载,张成章从小就是一个孝顺孩子,他勤读好学,寒暑不辍,当地人评价他"质虽鲁而勤读,才虽钝而深思"。然而,就是这样一位才钝之人,却志向远大,他曾在学舍内题联"不入儒林犹如天地弃物;少弛学业便是父母罪人",后又题联"拼死留心不怕书源似海;舍生下手定教铁杵成针",表达了非入士林不可的雄心壮志。

张成章33岁参加科试,得了第三名,49岁参加乡试以第五十名的成绩中举人,之后四处讲学。某日推开窗户,见窗前发笋一对,灵感一动,偶得联句"窗前雨润生玉笋,户外春风报金魁",自以为时运将至,于是辞去教席,参加会试,结果捡了一个候补知县,这一年张成章50岁。候补十几年的张成章，带着一点点希望前往京师游历谋职，第二年得以朝见皇帝，没想到年届古稀的他居然以左手抽签，被选授万安知县。

康熙五十七年（1718年）五月，68岁的张成章到万安县赴任。同行者有妻子赖氏、二儿张又英及媳陈氏、四儿媳赖氏等。这么一大家子人跟着他到万安赴任，不知当时万安人有何表现。然而，张成章莅任之初，"正风俗，革陋规，省刑罚，薄赋敛，号令严，行法宽"，样样有板有眼。尤其受粮农称道的是，废除"粮减加耗，米除淋尖"，禁止以"三尖三踢"的卑劣手段购米，立石斗为公斗于米市场。这位平民知县日用所需与民价取，衣不重帛，食不兼味。到任万安的第二年，张成章受到朝廷嘉奖。

张成章虽然年迈，但服务万安的精神却十分饱满。立志蓄俸平滩，却苦于找不到施工的机会。康熙六十年（1721年）夏末秋初，恰遇天旱，赣江干涸，惶恐滩险石凸现。张成章带头捐俸，又汇集绅士客商捐款，亲赴惶恐滩，诚心斋戒，祷告天地河神，并督令全县各乡石匠不分昼夜，凿去滩中险峻怪石。惶恐滩平险结束，张成章又想将武索滩及大小蓼诸滩一并平险，不料天降大雨，无法继续施工。趁此数十年不遇之大旱，铲除千百年来的险滩，张成章为赣江航运立下了不朽之功。《汀州府志》记载，"凿惶恐以便舟行"，万安绅民为此欢呼载道，"勒碑纪念，赠诗赞扬，往来舟楫，歌功颂德"。

教谕刘兆谦题《疏凿惶恐滩诗与序》祝颂：

十八滩舟行甚险，而惶恐滩为最。邑侯张令来宰万安亟欲平之。会辛丑秋，河干石现，不吝捐资兴工疏凿，不越二旬而险除矣。人颂其功德之远，吾服其识力之高，非分神禹大智之一得不及此，诗以纪之。

训导丁其时作诗赞道：

惶恐滩声远，奔腾号若雷。
天心厌大害，帝简出英才。
欲播生民利，还除水土灾。
命工凭众力，去险悉清裁。
河患兹平矣，厥功实伟哉。
棹歌声上下，过客任徘徊。

举人陶鹤书亦作《凿惶恐滩诗》纪之：

天生俊杰非无意，智者愚心劳者利。
若无经济福苍生，优游何以别利器。
堪美张公治五云，心平如水政无纷。
道碑每出乡民口，琴韵多从月夜闻。
偶探郊原山水趣，目击惶恐风雷怒。
篙师客子两忙忙，欲进行却惊相顾。

我公辄起济世心，命工立备锤与钺。
慕得五丁施猛力，昼昏凿去无岖嶔。
今日帆樯通上下，无复当年哀湍泻。
仁人用智未兼旬，力可回天悉造化。
行人历此笑颜开，公绩于斯实伟哉。
指日九重虚左待，知公原是济川才。

这年冬天，张成章及妻七十一寿诞，万安绅民制锦屏寿轴、造万民伞，为张成章夫妻举行隆重的祝寿活动。

张成章为民办事再次受到朝廷表彰。康熙六十一年（1722年），敕授张成章为文林郎，妻赖氏为七品孺人，其父羽苞公为文林郎，其母廖氏、生母傅氏均为七品孺人，并焚黄榜于先代墓道中。万安县绅民于万安县街中立简亭公生祠禄位。在万安历史上，受到老百姓如此礼遇者，恐怕只有张成章一人。

张成章做人厚道。《汀州府志》记载了三件事。第一件是说张成章对家乡人好，雍正二年（1724年），为居住在万安的福建人设立"闽中客籍"，以便闽人入籍赴考。第二件是说他对老婆好。秋夜，有一女身托梦妻赖氏，乞求太爷修庙安身。次日，公往遂川县公务，由城下十里过河，在河对岸一泉水岩处应梦觅得吉地，于是捐金建立庙宇，后人称娘娘庙。张成章赐一四字匾额"吉井通灵"，柱联一对，赖氏赐通身镜一座钉于梁上。第三件说他平民情结浓，与江西结下姻亲。他的一个孙子娶万安人为妻，另一个孙子娶吉安人为妻。

张成章的事迹还有很多，我有滋有味地记着，不忍省去，我希望这样的好官好人能够长久地留在人们的心里。

人们祭祀好官，自然在情理中。但是我想，是否还有民间的凿滩者？这种可能性极大，只是没有史籍记载，或者我没有掌握罢了。但我坚信滩神有名，所以我每一次去储潭庙都不忘敬三炷香。我坚信，这种民间的信仰，就是我们中华文化致良知的坚硬品质。

四

赣江婀娜多姿，在南赣，章江和贡江如赣江伸出的两只手，一手挽着福建，另一手伸进广东。在北赣一个叫杨子洲的地方，赣江分成左右岔流进入烟波浩渺的鄱阳湖，以宽阔宏大的胸襟走进长江。

隋朝开凿的京杭大运河改变了中国的交通系统，一部壮阔的水运历史在东方上演。

贞观之治之后，大批阿拉伯商人漂洋过海，云集广州。这些商人把充满异域风情的象牙、珍珠和玛瑙带进了中国，也把中国的茶叶、陶瓷和丝绸带去了远方。贸易的繁荣催生了一条更加便捷的通道，也让京杭大运河在那个迷人的时空里得到最大限度的延伸。

像是上苍的安排，张九龄诞生在韶关曲江，这个"岭南第一人"一做宰相便是名相，以至于他去世后，唐玄宗再选宰相，总要问"风度得如九龄否？"然而，很多人记住张九龄却与大庾岭有关。开元四年，张九龄开凿大庾岭驿道，亲任总指挥，不辞劳苦踏勘现场，"缘磴道，披灌丛"。古道修通后，张九龄撰写了《开凿大庾岭路序》，记述大庾岭开凿后，"坦坦而方五轨，阗阗而走四通，转输以之化劳，高深为之失险"。古代"京广线"就此形成：鄱阳湖承接京杭大运河，进入赣江航道，翻越大庾岭，经浈水入北江而达广州。

位于赣江下游的蓼子洲热闹非凡，来自深山的上等木材运抵江洲，而一艘艘木船便从这儿下水。《水经注·赣水》云："赣水又径谷鹿洲，即蓼子洲也，旧作大䒢处。"唐宋时，江西造船业最为发达。《唐语林》称："舟船之盛，尽于江西。"其实，比蓼子洲还大的造船基地在高安，史料记载，"船成，吏以二百人引一艘，不能动"。发达的造船业成就了江西作为漕运枢纽的历史地位。

南北交通大动脉东移江西，800年间，江西人口持续快速增长。史料记载，唐元和年间，江西户占全国总户数12.37%，宋代江西户占全国总户数17.89%，元代江西户占全国总户数20.84%，至此，湖南人口不及江西的三分之一，湖北人口不及江西的五分之一，而江西文化更是全国瞩目。

开放，让江西渐入佳境。

我知道大山的静默体现了无与伦比的博大和深邃，无论时间多长，空间都可以浓缩所有。三溪村是唱船的中心，也是明末大臣郭维经的故乡。祠堂前安放着一尊郭维经的铜像，祠堂的门坊"尚书第"牌坊建于乾隆三十一年（1766年），为旌表明末忠臣郭维经而立。牌坊上额坊正面阴刻"尚书第"三个字，坊名下首有一长方形的装饰性浮雕图案，额坊两旁各镶一块镂空花板。牌坊楼部，通体以浮雕的菱形、方格形图案为底纹，并饰以龙凤麒麟等浮雕。牌坊楼部的背面阴刻"宇宙正气"四个大字。

隆武二年（1646年），郭维经以吏、兵两部尚书兼右副都御史，处理湖广、江西、广东、浙江、福建军务。清兵围赣州时，郭维经督师往援，与清军大战于赣州至南安一线，率部八千血战于赣州城下，城破不降，于嵯峨寺自焚尽忠。其子郭应铨、郭应衡，侄郭应煜等皆力抗清兵而亡。或许郭维经及其子侄的努力毫无意义，但是郭氏家族的精神惊天地泣鬼神。难怪清朝皇帝乾隆要赐给他"宇宙正气"四个字。

万历十六年（1588年），郭维经出生在三溪村，父亲为争祖坟山而在吉安打官司，最后客死他乡。母亲含辛茹苦养大他们兄弟仨。郭维经中秀才后以教书为业，乡试、会试的盘缠都是乡亲们凑的。天启四年（1624年），郭维经中进士第。他在三溪生活了整整36年。这36年里，他除了教书，还兼砍木头卖木头的营生。他和女儿郭明珠在总结实践经验的基础上，巧妙地运用当地木材交易中常用的"估堆""秤称"等办法，发明了一套木材材积计算公式。因操作简便、计量公平，深受林农和木材商人的欢迎。这套以发明人籍贯命名的"龙泉码"计量法，很快在全国通用，成为世界上最早的原木材积表，比欧洲发明的国际公认的"柯达山毛榉材积表"早了近200年。

郭维经是个有民族气节的英雄，也是一个了不起的林农，他的心里始终都有天下苍生，这样的情怀让他不朽。

我对赣州客家文化的定性向来不太赞同。其理由我曾在多部著作中做过阐述，而我最不认同的是将客家文化排斥于赣文化之外，似乎赣州孤悬于赣鄱之外。

在寻遍赣州的过程中，我跟很多人谈过我的看法和担忧，不少赣州人都同意我的文化观。尽管一些赣州人是北人的后代，但赣州始终是江西版图的一部分，按照文化生成的基本规律，历经千百年的赣州文化与江西母文化大体上也应该趋于一致了。

赣州博物馆馆长万幼楠是江西文博界知名的专家，他出版过《赣南传统建筑与文化》等多部专著。我在赣州拜访他时，他跟我谈起吉安文化对赣州的影响，说到章江流域的传统建筑很多都有吉安建筑的影子。我们从赣南万寿宫说到赣商。从根子上说，赣州商人就是赣商，这不是从地域上讲，而是文化认同。万寿宫是赣商的旗帜，赣州商人认同，所以赣州商人不是客家商人。应该承认，客家人有一些独特的文化认同，就如不同的家庭坚守不同的传家治家之道一样。

万幼楠祖籍南昌,生长在赣州,工作在赣州,退休以后还在赣州,他融入了赣州,但同时他也融入了江西。在与万幼楠交谈中,我也感到融入了赣州。

在行走江河的日子里,我接触到很多人,这些人当中多数是热爱当地文化且对地方文化有一定了解的人,他们在我的寻访中为我做向导,给我留下了深刻的印象。

关西新围的主人徐老四,本名徐名均,在兄弟六个中排行老四。在关西,我听到最多的是关于他的故事。龙南文物局的张局长是关西人,对客家围屋有很深的研究。他跟我说,过去龙南的木材被称为"龙木",关西是龙木的主要产地,徐老四的父亲徐立孝的"西昌号"在江湖上赫赫有名。由于苛捐杂税多,所以赚钱并不多。徐老四从小跟随父亲闯荡江湖,30岁时接过父亲放排贩运木材的生意。他的运气比父亲好,一次木排泊在赣州,一位落难公子求上门来,恳求徐老四搭他回南昌。徐老四不仅答应,而且一路上悉心照顾。木排泊在南昌后,徐老四又给了公子一些银两让他回家。第二天,公子家人抬着轿子来请徐老四,这才知道他相助的是道台家的公子,因为跟家人赌气流落到赣州。道台大人为了感谢徐老四,给了他一道手令,凡是烙有"西昌"字号的木头一律放行,免收过路费。一夜之间"西昌"字号成为抢手品牌,徐老四成为赣江上做木材生意的老大。从此徐老四的生意顺风顺水，越做越大，经营范围越来越广，赣州、信丰、龙南等地开始出现徐老四的药铺当铺。

遂川住建局的李晖是一个充满朝气、富有爱心的年轻人，20年来，他对遂川文化不断求索。他常常是不辞辛苦骑车下乡，将遂川被拆的老建筑留在了他的相册里。他在微信中常以"木子轶说"发布文章，记录遂川文化的种种形态。他的努力让人感动敬佩。

吉安有许多历史文化名村，这些村庄曾经富丽堂皇，都是靠生意人用银子堆出来的。我去卢家洲的时候，没带向导。在卢达中老夫妻住的老屋里，我认识了卢达中老人，他已经83岁了，但身体还很硬朗。他告诉我，孩子们都从老屋搬走了，他不愿意搬，老屋没人气很快就会倒塌。我注意到卢达中的老屋比那些关门闭户的老屋要好很多，然而，老屋已经破败不堪了。老人很热心，他带我看卢家大祠堂、进士墓、禾河斜塔。老人对村庄刻骨的理解，让我有理由相信文化的永恒魅力，以及人们对文化的向往。

千百年来，富水造就了无数声名远播的商号和富甲一方的巨贾，源源不断的木材、稻米、茶油运出山外，而源源不断的银子从东南西北汇入富水两岸。富商们用银子把自己的诗和远方垒砌成一座座居所和祠堂，打造成一个个古韵流芳的传统村落。

我去了两次万载，为的是看万载古城。第一次去，车在沪昆高速被追尾，费了一些周折，约好十点半到万载，结果到万载直接吃中午饭了。席间朋友提到万载作协主席徐小明，我要求见见徐主席，朋友答应联系。我到万载古城时，小明主席果然就来了，还带了一本《万载古城旧事》给我，我真的很高兴。他很朴实，说话平实。

第二次去万载，绕萍乡北上，然后经昌栗高速到慈化，到万载时已近黄昏。小明在古城等候我多时，他告诉我，他原本在宜春联系杂志出刊事宜，接到我电话后就往万载赶，能接待我他很高兴。故地重游自然是多了一些话题，对于不同姓氏祠堂聚集县城，我们有太多一致的看法。要知道这些宏大的祠宇都是各族用真金白银打造的，自然这银子也是他们赚来的。原本我计划在宜春吃饭，可小明死活不依，他说我难得来，一定要让他尽地主之谊。我们吃得很简单，但是我真的很感动。

五

大庾岭商路到底有多繁荣呢？我无法准确描述。但是我知道，走这条商路仍然极其艰苦，北方过来的船一般都是大吨位，到达万安进入赣江十八滩之前得换小吨位的船，在万安码头雇人工和牲畜搬运，通过赣江十八滩进入章江，到岸后还得雇人工和牲畜搬运，然后上大庾岭走陆路。赣商在这条商路上却走得风生水起。其实何止赣商,徽商、晋商、浙商也纷至沓来。而我感佩更多的,是商人们这种百折不挠的精神。

　　赣商没有理由舍近求远,凭借大庚岭商道向南发展,通过珠江水系,到达广东、广西,进而出海。在广州、佛山聚集着大量赣商。根据记载,潮州、惠州等地棉纺业所需棉花,有一半左右靠江右商帮供应。吉安布商在广州、佛山等地设立"粤庄"。在广西的桂林、柳州、得州、太平、镇安等地,来自江西的盐商、茶商、木材商、药材商也很活跃。尤其是梧州,地处左、右江汇合要津,百货往来,帆樯林立,其繁荣程度在清前期几乎与汉口、湘潭比肩,江右商帮在这里开设的商号有百十家。江右商帮经过明清几百年的发展,至清代中期已经成为中国大地上一支影响巨大、成绩斐然的劲旅,相继涌现了一批有实力、有影响、有作为的行业龙头。

　　瓷帮是江西发展最早的手工业帮会。景德镇瓷业在宋代已经高光耀眼。瓷器的烧造技术在宋代有大的飞跃,瓷器也成为宋代对外贸易的大宗商品。宋代江西的瓷窑主要分布在饶州的景德镇、吉州庐陵永和镇、抚州南丰白舍镇、虔州的七里镇及江州等地,仅景德镇一地,瓷窑就达300多座。到明清时期,景德镇的瓷器生产量、制作工艺水平、在世界市场上的占有率都走向巅峰,成为全国瓷业中心。《明史》记载,"(弘治)三十七年,遣官之江西,造内殿醮坛瓷器三万,后添设饶州通判,专司御窑烧造。是时营造最繁,近京及苏州皆有砖厂"。

铸就景德镇瓷业辉煌的是一代又一代江右瓷帮的打拼与坚守。《明世宗实录》记载，明正统元年（1436年），浮梁县瓷商陆子顺，一次到北京就给朝廷瓷器5万余件，明英宗下令将瓷器转给光禄寺充用，并按价付了全部款项。明清时期，瓷器成为江右商人向外销售的主要商品之一。乾隆《浮梁县志》记载，景德镇瓷器出窑后，都得进行分类挑拣，分为上色、二色、三色、脚货等，据此确定价格高低。所有三色、脚货品级，基本上都在本地出售；而上色圆器，上色、二色琢器，都用纸包装桶，以便远运；至于运到附近省份的日用瓷器，则用稻草包扎。在景德镇贩运瓷器的江右商人，又以饶州、南康、抚州、南昌、吉安为多。可以说，凡是有商业的地方，就有景德镇的瓷器；凡是有商人的队伍，就有江右瓷商的身影。万历年间在南海沉没的"南澳1号"装载了26000余件货物，其中大部分是瓷器。15世纪80年代，菲律宾是各国海上贸易集散地，银币成为世界贸易的硬通货。"马尼拉"大帆船将15吨西班牙银币运抵马尼拉，又满载中国瓷器和丝绸返航。当波兰国王奥古斯都二世陶醉于宫殿里收藏的35098件精美景德镇瓷器时，欧洲王宫贵族都已经感到囊中羞涩，但为时已晚，世界上的白银大多都被中国的瓷器换走了。美国学者艾维斯研究，从1503年至1790年，中国从欧洲、日本获得白银达6万余吨，占当时世界白银拥有量的一半以上。景德镇瓷业的发展，引得大量流民涌入，形成了"都帮""徽帮""杂帮"等不少行帮。无论是考古发现，还是文史记载，无论是在河西走廊商人的马队、驼群中，还是在郑和下西洋的船队里，都有景德镇瓷器的闪耀登场，其背后正是江右瓷商的智慧和汗水。

茶帮，同样是一支浩大的商军。《宋史·食货志》载，江南产茶为十州五军，占全国第一。这十州五军中属于江西的，有江州、饶州、信州、洪州、抚州、筠州、袁州及临江、建昌、南康，共10处，占总数的2/3。《宋会要辑稿·食货二九之二》记载：绍兴三十二年（1162年）诸路各州产茶数，江西产463万余斤，约占总数1781万余斤的26%，雄居全国第一，其中以洪州最多，为281万余斤。明朝废除了宋元时期的茶叶官营制度，官茶、贡茶、商茶并行。至清末，江西茶叶在这个时期并不比唐宋时期有量的优势，但仍然占有不小的分量。茶帮是紧随茶业发展的一个重要的商帮群体。

茶道是江右商帮踏出的重要商道。1200多年前，唐德宗开始征收茶税时，江西浮梁县已是茶叶重要集散地。政府在此征得税额达15万贯以上，占全国总税额的3/8。到了明代，江西茶乡遍布，宁红、双井、婺绿、庐山云雾等名品饮誉中外。"南北茶道"见证了江右茶帮的辉煌。在大庾岭商路上，江右茶商的货物从河口往西，折入赣江，过梅关进入广州，直达东南亚、南亚、中东、欧洲。

茶叶这种商品，既适宜大商帮大批量规模销售，也适宜小商帮分散经营，既适宜坐商设茶庄、茶栈销售，也适宜行商市井叫卖,因而成为以小商小贩为主体的江西商人的重要经营行业。清代铅山邹茂章早年就是靠肩挑茶叶走州过府,最后家业日兴,成为全县首富。

建安七年(202年),道教灵宝派祖师葛玄在樟树葛皂山采药行医、筑灶炼丹,开创了樟树药业的先河,历经1800多年,长盛不衰。不同时代,樟树药业有不同的名称。吴叫药摊,唐谓药墟,宋曰药市,明称码头。"药不过樟树不灵,药不到樟树不齐",万历年间,樟树药业上缴朝廷税银两千余两,推算其年药材交易额在六万两白银以上。到清乾隆时期,随着广州作为对外通商口岸,赣江水道成为联系中原、沟通南北的重要枢纽,樟树作为全国药材集散中心的地位迅速形成。樟树药帮与京帮、川帮并驾齐驱,称为全国三大药帮。同治《施南府志》卷十记载:"商多江西、湖南人。每岁将麻、药材诸山货负载闽粤各地,市花布而归。"

江西是全国有名的粮食产地,种粮历史悠久。万年县仙人洞遗址发现了目前世上所知最早的稻谷遗迹,证明早在一万多年前江西人已经开始生产稻米。魏晋南北朝时期,东晋在京城之外有三大粮仓,其中两大粮仓在江西,即豫章仓和钧矶仓。唐代,"庐陵户余二万,有地三百余里,骈山贯江,扼岭之冲……土沃多稼,散粒荆、扬",稻米能远销荆、扬等州,足见当地产量之多。吉州庐陵米商龙昌裔"有米数千斛,既而米价稍贱",其售米足以直接影响庐陵市场的米价,遂掌握了米市定价权,成为威慑一方的大粮贾。粮商往往于丰收之际收购粮食,"积米以待踊贵",从而影响当地的粮价;或者将粮食运往缺粮之地以获取利益。"江西诸郡,昔号富饶,庐陵小邦,尤称沃衍。一千里之壤地,粳稻连云;四十万之输,将舶蔽水。朝廷倚为根本,民物赖以繁昌。"宋代"惟本朝东南岁漕米六百万石,以此知本朝取米于东南者为多。然以今日计,诸路共六百万石,而江西居三之一,则江西所出为尤多"。

明清时期,江西赋粮和漕粮的运输,一般都由江右商人承担。据《江西通史》记载,1393年,明朝夏秋赋粮2900万担,江西约占10%,达266万担,可见江右商人运送赋粮的数量是很大的。除了漕粮、赋粮,江西粮商把剩余粮食贩卖到全国各地。清朝乾隆五十年(1785年)九月上谕说:"江西省商贩赴楚,已有(粮船)一千三百余只,米谷有四十万石。"粮食运销路径主要有以下几条。

一是由长江而下至江浙地区。江浙粮食市场的稻米,主要来自江西,有南京"皆湖广、江西上游米粟所汇聚"之说,所谓"三日不见赣粮船,市上就要闹粮荒"。

二是由长江出口,经江南转运,由海道至福建。雍正四年(1726年)七月十八日谕旨"差将江西谷石,用大船由长江载至镇江,再到苏州一带,用海船载至福建之福、兴、泉、漳四府,秋间西北风起,半月可到"。

三是顺章水往南运到大庾岭,然后挑运到广东南雄;或由赣州溯贡水到会昌筠门岭、周田坡，然后转运到潮州。

四是由九江向东，沿昌江运往安徽，所谓"徽州府属山多田少，所出米谷，即丰年亦仅供数月民食，全积江西、浙江等处贩运接济"。江右粮帮的贡献，不仅是正常年景下保障市场供给，而且包括在遭遇自然灾害的情况下救灾。

江西植被覆盖率高，森林资源丰富，木竹销售同样历史悠久。"木帮"也是江右商帮的重要组成部分。早在唐代，各地高山之上有木客专门砍伐木材与人进行交易，他们"斫杉枋，聚于高峻之上，与人交市，以木易人刀斧"。吉州也有木材商活动，有商人徐彦威在信州购买木材，再贩卖到苏州、淮南一带，往返一趟，能获钱数十万。明代遂川县所创的计算木材材积的"龙泉码"，通行于全国，并沿用至民国。

宋代江西造纸业开始繁荣，其造纸材料除传统的麻、桑、楮、苔、麦秸和稻秆外，还增加了竹子。江西吉州、抚州、信州等地生产滑薄纸、茶杉纸和牛舌纸，江州、南康军的布水纸，袁州的藤纸，吉州的乡竹纸等都成为贡品。到了明代，纸业作坊遍及江西各地，特别是铅山的造纸业处于鼎盛时期，特点是槽户多、规模大、民间经营、雇工生产。"楮之所用为构皮，为竹丝、帘，为百结皮。其构皮出自湖广，竹丝产于福建，帘产于徽州、浙江。自昔皆属吉安、徽州二府商贩，装运本府地方货卖。"纸业的发展大大推动了纸品贸易，也给政府监管提出了新要求。明朝不得不在南昌设立造纸局，抚州、饶州、吉州等地，都有一批刀法熟练的刻字工人，使江西成为宋代以降印刷业的中心。同时出现了一批专门从事书肆经营的商人，以抚州人为多。吴嵩梁《东乡风土记》记载："东乡之民，谋生之方不一，书肆遍天下。"金溪人杨随在四川泸州开设药铺，其从兄同在泸州经营书肆，常年亏折。杨随将自己的药铺让给从兄，而自己经营书肆，待年终结算，书肆盈利比药铺大得多。人们对此非常不解，杨随回答说："书可资博览，且祖业也。"乾隆三十四年（1769年），山东书生李文藻谒选至京师，在北京等候了五个月，闲暇无事，每天逛琉璃厂，看书、饮酒、喝茶，终于有了重大发现。他发现，琉璃厂附近33家书肆和东打磨厂的书肆，除4家为苏州、湖州人开设外，其余全是江西金溪商人开设的。

  赣商隐忍内敛，在历史的长河中似乎远不如晋商和徽商知名，但是他们在历史的时间和空间中生生不息。

叁 施佛子的眼睛

赣江十八滩航道山高谷深，巨石森耸如笋，浪石相击，流急回旋，在此发生过无数船破排散、物毁人亡的悲惨事件。船工、排工过滩心惊肉跳，求神拜佛，请滩师引导。故将赣江十八滩与黄河三门峡、长江三峡并称三大险滩。

——摘自《江西内河航运史》

一

我读施闰章的传，感觉这个人有静气，诸如和蔼可亲一类的词语都可以用在他身上。顺治十三年（1656年），施闰章参加御试，名列第一，遂擢山东提学佥事，取士"崇雅黜浮"，有"冰鉴"之誉，当时四方名士慕其名而"负笈问业者无虚日"，"闰章一一应之，不少倦"，"士以此益归其门"，人称"施佛子"。

施闰章位列"清初六家"，在清初文学史上享有盛名。这样一位大师级人物做官也另类。顺治十八年（1661年），施闰章任江西布政司参议，分守湖西道，辖临江、吉安、袁州三府，驻地临江，那个地方盛产红橘，收获时节，赣江数十里沿岸冬红尽染。施闰章上任的那一年，湖西地区遭天灾人祸，盗贼蜂起，民不聊生。他在《湖西行》诗中写道：

节使坐征敛，此事旧所无。
军糈日夜急，安敢久踟蹰。
昨日令方下，今日期已逾。
揽辔驰四野，萧条少民居。
荆榛蔽穷巷，原田一何芜。
野老长跪言，今年水旱俱。
破壁复何有，永诀惟妻孥。

岁荒复难鬻，泣涕沾敝襦。
肠断听此语，掩袂徒惊吁。
所惭务敲扑，以荣不肖躯。
国恩信宽厚，前此已蠲逋。
士卒待晨炊，孰能缓须臾。
行吟重呜咽，泪尽空山隅。

当时清政府规定，巡抚以下、州县以上官员，催征钱粮未能完成者要予以处分。所以各地追征欠赋税甚急，百姓深受其害。这首诗反映的就是当年江西征赋税的情况。《施愚山年谱》记载："是时西南用兵，合缴以公督逋赋，乃作《劝民急公歌》，垂泣而谕之。"我没有找到这首《劝民急公歌》，不晓得这首诗的内容，但我敢肯定施闰章的做法在当时算另类，因为没有哪个官员相信一首诗能让山贼从良。

施闰章内心是柔软的，他遍历湖西崇山峻岭、低谷大川，访贫问苦，在一个叫大阮的地方叹道：

丛山如剑戟，灌木蔽崟岑。
其水独南流，溪谷皆阻深。
山民鸟兽居，不驯匪自今。
追呼敢逆命，兵革踵相寻。
未能静伏莽，火烈悲楚林。

杀人税无出，迟回伤我心。
蛰蛰亦赤子，念尔为沾襟。
招手语父老，鸱枭怀好音。
宿逋既累岁，敲骨力难任。
民顽实吏拙，许身愧南金。
何时免素餐，引疾投吾簪。

遍访中施闰章还去过一个叫竹源阮的地方，这个地方同样没有文献记载，他写道："茕茕数寡妇，零落依孤村。凶年艰半菽，撮土招游魂。"施闰章写这些诗，无非是想引起省抚大员的重视，他的菩萨心肠天地可鉴。

顺治十八年，施闰章开启了赣江南行之旅。清明时节，万物复苏，虽然进入雨季，但赣江离行洪尚早，江水并不丰满。小船从临江出发，过新干，穿玉峡，越吉州，几天之后到达惶恐滩头，施闰章脑海里已然浮现孟浩然、苏东坡等一众大腕吟唱赣江十八滩的画面。船到惶恐滩，突然进入两岸高山对峙的峡谷，施闰章看到江面露出的奇石，心里暗自惊悸，吟道：

滩头到惶恐，节序属清明。
翠合江天色，愁连今古情。
荒原山鬼叫，废堡薜垣倾。
杨柳何须折，乡心傍尔生。

官船继续前行，因为船小，一路风平浪静，到了皂口，施闰章泊船停歇。皂口被高耸的山峰包裹。置身深山环抱之中不能极目远眺，施闰章自然想到辛弃疾、杨万里，似乎感到了一种压抑，他在《从制府江行》中写道：

棹入双江路，云迷皂口西。
昨宵愁不寐，恰有鹧鸪啼。

施闰章在皂口的感受与同时代的王士禛极为相似，王士禛在《皂口雨泊》诗中说：

急雨孤篷湿，高峰四面同。
茫茫送滩水，飒飒会江风。
山鬼幽篁里，枫人苦雾中。
明朝揽清镜，衰飒任成翁。

施闰章站在船上，看着南来北往的船只通过赣江十八滩，顺江而下的风帆高扬，逆江而上的货船被纤夫拉着艰难行进，一路情景俱在《牵船夫行》中：

十八滩头石齿齿，百丈青绳可怜子。
赤脚短衣半在腰，裹饭寒吞掬江水。

北来铁骑尽乘船，滩峻船从石窟穿。
鸡猪牛酒不论数，连樯动索千夫牵。
县官惧罪急如火，预点民夫向江坐。
拘留古庙等羁囚，兵来不来饥杀我。
沿江沙石多崩峭，引臂如猿争叫啸。
秋冬水涩春涨湍，渚穴蛟龙岸虎豹。
伐鼓鸣铙画舸飞，阳侯起立江娥笑。
不辞辛苦为君行，挺促鞭驱半死生。
君看死者仆江侧，火伴何人敢哭声。
自从伏波下南粤，蛮江多少人流血。
绳牵不断肠断绝，流水无情亦呜咽。

赣江十八滩尖石排列如齿状。穿着短衣的纤夫光着脚，背着纤绳拉动江船行进。北方来的铁骑全都乘坐着船，滩势高峻，船行其中如穿过石窟一样，船上载运无数军需货物，桅杆相连。县里的官员惧怕获罪而心急如焚，动不动就强派民夫去拉纤，预先征集的民夫坐在江边，扣押在古庙里如同牢里的囚犯，官兵迟迟不来，让这些民夫坐等快要饿死。

沿江尽是砂石和崩裂的山石，纤夫握紧纤绳，伸长手臂，呼着号子，像猿猴一样在危崖上行走。秋冬两季水浅船难行，春季涨水湍流急，水中藏有蛟龙，岸上又有虎豹。船夫不辞劳苦为清兵拉船，清兵用棍棒笞打催赶船夫，他们已死亡过半。看着仆卧江岸的伙伴长眠不起,他们满怀悲伤与愤怒,可谁也不敢哭出声来。自从伏波将军马援带兵征讨南粤以来,南方的江河里流着多少人的血啊!牵船的绳子虽然拉不断,但纤夫的肝肠断绝,面对这悲惨的景象,无情的流水也发出呜咽之声。

郁孤台下清江水,中间多少行人泪。历史浩瀚如烟,这一次赣江之行给施闰章留下了深刻印象。回到驻地临江府后,他内心久久难以平静,在自己的书案上疾书《十八滩》:

人老三秋后,舟临十八滩。
落帆寻石矶,解缆趁江湍。
久霁衣裳湿,重云灯火寒。
析声兼鼓角,无梦到鱼竿。

二

船是浮着的,人和物在船上也是浮着的,船是主人。《说文》释曰:"船,舟也。从舟,铅省声。"段玉裁注:"古言舟,今言船,如古言屦,今言鞋。舟之言周旋也,船之言溯沿也。"又:"各本作铅省声,非是。口部有㕣字。水部有沿字,㕣声。""船"字最早出现于战国文献,如《墨子》《庄子》等,未见于甲骨文和西周金文,也未见于西周文献,应是春秋战国时代产生的。《庄子·渔父》:"有渔父者,下船而来。"《方言》:"舟,自关而西谓之船。"

江西自古造船业发达。远的不说,自大庾岭商路开通以来,江西造船业更是迅猛发展。《江西内河航运史》记载,北宋天禧末年,全国各州造船场共造漕船2916艘,而江西的虔、吉二州即造船1130艘,数量居全国第一。赣江十八滩是赣江航运最困难的一段水域,船是最重要的物证,船的形状、大小必须适应赣江十八滩航运的需要,中原过来的大船到了万安必须换小船,以便顺利过滩。船体的不同决定了赣江十八滩航运的特点,主要是船工、纤夫的数量,以及航运的组织方式等。《万安交通志》记载的六种古船,其名称和形态各异,但共同的特点是船小,这正好符合"船小好掉头"的古语。可惜这些船我都没有见过,只能根据志书的记载和老船工的描述去想象它的模样。

"三块板"这种船由船底和船舷结合而成,没有舷桥。从外观上看,形同三块木板组合而成,因此得名。"三块板"船底宽一般为1—1.5米,船长一般为6—7米。船舷与底板结合似一个直角,舷高一般为20—30厘米。舾装部分是竹搭子编成的竹棚,供船员生活和运货。船尾有一小舵装置,桅杆一般用两丈左右的杉条木做成,供扬帆用。船尾和船首都很尖,有两种竹篙孔,竖孔供船只停泊时插篙用,浅滩无风时,船员下水在河道里用竹篙插进横孔中推动船只前进。这种船吃水浅,一般为4—8寸，装运能力一般为3—5吨，船形扁长，阻力小，适应赣江十八滩河道，可一人驾驶。据船工反映，20世纪50年代，涧田、良口、武术和皂口有30多艘"三块板"。这种船除了适应赣江十八滩航运，皂口河、武术河、遂川江及其他支流大多也行驶这种船。

"车角子"又名"茶壳子"，较"三块板"装载吨位稍大一些，一般为6—8吨，吃水8寸—1尺，船稳定性能好，克服了"三块板"抗风能力差的弱点，又具有"三块板"操作灵便的优点，是一种既适合赣江十八滩，又适应其他支流航行的小型船舶。不知为什么《万安交通志》没有描述"车角子"的形状。我在寻访中，有一位老船工给我绘了一张"车角子"的形状图，与"三块板"不同的是，"车角子"船身要长，船体要宽，而船头似乎也要尖一些。

"挽篷子"是赣江沿岸船民根据"车角子"改良过来的，适用于赣江十八滩，可在任何条件下航行。赣江沿岸长期从事水上运输的船民从安全便捷的角度考虑，以"车角子"船形为基础，稍微加长了船体，舾装部分采用尺许长的杉板做成桲子，用栋梁和梁檐木组合成上装。艄部长舵把操作，有荫棚。船舷有20厘米的走桥。货舱分为头舱、中舱、火舱、官舱，火舱上设有煮饭用的灶，下面供看舱水，官舱用作船老板家居，其余各舱均可装货。桅杆长4—6丈，配有双橹和帆，是一种专业性运输船舶，装载能力一般为8—10吨，大的可达到

12—15吨，吃水一般是30—60厘米。这种船多为两人操作，通常称"夫妻船"。

"标滩子"是一种赣南船形，吨位和主要结构与"挽篷子"相仿。不同的是，船首部较翘，船舶在赣江十八滩扬帆行驶时具有更大的避浪能力。船舷有较宽的走桥，一般可达30—40厘米，无风而由人力撑篙时，自船首经过走桥至船尾，可推动船舶前进。这种船吨位一般为8—10吨。这种船在靠近赣南的良口比较多，据说人民公社时期还有20多艘。

"齐梗子"吨位较大，一般有10—12吨，最大的达18—30吨，吃水也较深，可达30—70厘米。这是运输业不断繁荣催生出来的一种新的船形，其结构与"标滩子"相仿，不同的是，船首较平缓，可减小航行阻力，船首两侧有较高的避浪板，舷桥宽50厘米左右，桅杆较高。过去停泊在万安港的船大多数是这种船。

"采梗子"是按照"标滩子""齐梗子"的船形改造而来的一种新型船，其结构与"齐梗子"相仿。"标滩子"与"齐梗子"的舷桥是加钉在船舷上的，俗称"外走桥"，这样容易损坏和跌落，尤其是为固定舷桥钉了很多木撑在舷桥下，俗称"狗兜子"，加大了行船阻力。"采梗子"改"外走桥"为"内走桥"，使船舷与船桥有机地结合起来，船舷与船桥之间采用对开材（俗称"腊古"），舷桥与舷桥上的避水板（俗称"拦水"）固定在船只各座筋骨上，俗称"梁"。这样既加强了船只的稳定性，又减少了阻力，提高了船的装载能力，最小的可有16—18吨，最大的可达30—35吨。在20世纪60年代以前，"采梗子"载货时船桥上往往有16—20厘米的水，不利于冬季作业，船工易得风湿等疾病。而且这种船制造工料多，价格较高，因此这种船为数不多，只有大老板才可能拥有。

过去万安码头有各种船业服务机构，其中租船是一种最基本的服务，小老板拥有二三艘船，大老板不但船型多，数量也多，这种情形与现在的汽车出租公司相仿。开公司的一般不开船，开船的一般没能力买船，只能靠出卖苦力赚辛苦钱。

三

多年前我采访过不少船夫，现在这些人大都不在了，幸存于世的，知道赣江十八滩航运的也是从长辈那里听来的。2012年我在写作《赣江十八滩》时，康宏达已经76岁高龄，我至今还记得他的模样：瘦高的个子，平静的面容波澜不惊。12年过去了，我再次见到康宏达时，他已是88岁的老人，但身体仍然很硬朗，脑子也不糊涂，似乎行船的经历在他的脑海中历历在目。以下是他的讲述。

我出生在渔民家庭，祖祖辈辈以船为家，靠捕鱼为生，上无片瓦遮头，下无立锥之地。新中国成立前，家族世世代代在岸上都无房可居，待孩子们到了婚嫁年龄，好不容易才买了新船让他们成家。新中国成立后，得益于党的英明政策，1966年，渔民们纷纷上岸建房定居，从此过上了岸上生活。

我12岁那年，父亲因病离世，只留下一艘渔船。母亲带着我们兄弟姐妹五人以捕鱼为生。新中国成立后，转而从事货物运输。我们的渔船载重4吨，勉强维持生活。1956年3月，响应政府号召走合作化道路，万安县成立了水上木帆船运输合作社，我全家四人带着船加入。1956年，水上木帆船运输合作社下设生产队，我们队有四艘船。那时，公路和汽车稀缺，全靠水上运输。县供销总社和商业局向万安航运站要船调运物资，航运站就安排我船队执行任务。我们队与总社、商业局签订运输合同，负责万安县各供销社所需物资的运输，涵盖棉津、皂口、武术、良口等地，以及罗塘、百加、韶口、窑头、顺峰、涧田、社坪、长桥等地。木帆船往返于这些地方，无风时，船帆无用武之地，只能靠人力拉纤航行。船员们深一脚浅一脚地拉着船前行，时而在岸上，时而在水中。无论是烈日炎炎还是寒冬腊月，每天都要拉十几个小时。夏天，背上被晒得脱皮；冬天，全身冻得发紫。那时开船，确实辛苦。

1958年"大跃进"时期，我们队被调到支农一线，前往赣县于都装运石灰回万安县。那时没有化肥农药，全靠石灰杀虫和肥田。船要航行300多里才能把石灰运回来，途中要经过赣江十八滩,礁石险滩众多。每当船上滩时,就要点香烛、放爆竹,拜河神、敬水神,请滩师引航。

纤夫拉纤时,面朝滩石背朝天,一声号子满是愁怨。他们扒破指头,撑断篙杆,血染缆绳,拉断腰杆。每当我们船队航行到赣江十八滩中最险的惶恐滩时,四艘船都要停下来结帮过滩。大家要下水拉纤,六人拉一艘船过滩,一人撑舵,船头一人指挥叫号子:"哦啊!拉紧!"大家必须拼命往前拉,船只能前进不能后退,不然很容易触礁。为了完成这项装运石灰支农任务,不知历经了多少险滩礁石!

到了80年代,木帆船被淘汰,用上了机动船。公司安排我们全家五人去驾驶一艘60吨的钢质机动船,大部分时间在长江航行,装运木头、毛竹往返于万安、江苏、浙江等地,一直开到1988年,响应国家自主创业政策,我们与公司签订长期合同,向银行贷款,在赣州劳改农场购买了一艘价格6万元、运装能力100吨的铁船,在赣江、长江跑运输,全家一直开到1996年。后来,五个儿子向银行贷款,各自买了一艘运装能力400吨的钢质船,从赣州、万安装运木头到安徽、江苏、上海等地,再装面粉运回赣州,生意颇为红火。开了几年后,五兄弟在万安水月山建房屋安家。2016年,五兄弟先后上岸,各自从事其他行业。如今,我虽已至耄耋之年,但身体很好。每天清晨,我都会坐在院子里,望着远方的天空,回忆往昔岁月。那些水上漂泊的日子,那些与风浪搏击的岁月,如电影在脑海浮现。

我知道，没有船工、纤夫和滩师，就不可能有完整的赣江十八滩航运。德国历史学家雅各布·布克哈特说，任何一个文化的轮廓，在不同的人的眼里，都可能是一幅不同的图景。坦率地讲，我所知道的关于纤夫的全部内容，是靠着书本和影视作品建构起来的一种抽象而遥远的形象，与赣江十八滩并无关联，直到有一天我遇到了刘衍平。

那一年刘衍平66岁，人长得不高，精瘦，但精神头很足，嗓门很大，讲一口客家话。他是我约见的赣江十八滩纤夫，可在他的讲述中，他似乎又是一位船工。他说："我是船工没错，但你要说我是纤夫也没错。"这倒让我糊涂了。

在我看来，纤夫就是拉纤的，没想到船工也可以是纤夫。据刘衍平介绍，赣江十八滩流域称纤夫为"小客"，吨位小的船，一般不请小客，一家人女人掌舵，男人拉纤。吨位大的船才需要请纤夫，一般二三十吨的船才请几个纤夫。

或许我先前对纤夫的理解过于教条，在赣江十八滩纤夫的问题上竟有如此大的偏差。

赣江十八滩跑船的都是家族式船帮，一条5—10吨的船，父子拉纤，母亲掌舵。10吨以上的船都要请纤夫。万安城里住着一批专门拉纤的人，纤夫拉船到了赣州，要么走路回万安，要么搭便船回万安，收入也不多，70年代那会儿一趟也就三五块钱。

1962年，刘衍平15岁。有一次跟着父母拉货上赣州，也是母亲掌舵，他和父亲拉纤，一路上天气不好，风大浪急，他们走走停停，这一趟跑了整整一个月。到赣州时，刘衍平的肩上已经烙下了两条深深的血痕，晚上睡在船上疼痛难忍。这一趟让刘衍平记忆一生。

拉纤是河道上一道原始古朴的风景线。施闰章描写的实际上是行进在赣江十八滩的国家船队，不是民间跑船的。家庭式民间跑船才是赣江十八滩常见的风景。民谣唱道："脚蹬石头手扒沙，当牛做马把纤拉。"20世纪80年代初，文化馆音乐工作者踩着纤夫走过的崎岖山路，用心捡拾船工留下的一组组音符，将词谱上曲，把不完整的旋律连接起来，并在舞台上反复试演，这才让今天的人们能够走进久远的年代，感受赣江十八滩船工用命喊出来的号子。

经过文化馆音乐工作者整理的号子，有喊的，也有唱的，内容似曾相识，好像任何河流上的号子都是这样雄浑。我开始怀疑，难道纤夫号子都是相同的吗？要知道航行在赣江十八滩的船一般吨位都不大，纤夫的数量一般都不多，少的一二人，多的也就五六个人，纤夫号子怎么可能如此雄浑？从纤夫刘衍平嘴里，我知道赣江十八滩的纤夫号子五花八门，从他们嘴里喊出的经常是"喂哟，嗨哟，吃不消啊！""喂哟，嗨哟，背上痛哟！"这是文化馆没有收集的纤夫号子。

似乎音乐工作者不屑于这种隐忍的呼喊，他们欣赏那种充满豪情而又富有节奏感的冲击，可这些并非赣江十八滩纤夫的真实处境。在我心里，刘衍平喊出的号子无比震撼，它更坚韧，更持久。

千百年来，船工走在赣江十八滩上，留下了血泪斑斑的千年史话，他们没有吼出惊天动地的号子，却把千年不绝的赣江十八滩精神留在了蛮江之上。

滩师这个职业在赣江十八滩尤其特别，只有掌握撑船、掌舵这些特殊技能的人，才会被人尊奉为"滩师"。赣江十八滩滩师起源于哪个朝代，现在已经无法考证，也不好下结论。滩师的出现一定是赣江十八滩航运的需要，因为赣江十八滩险恶，历来被往来舟船视为畏途，尤其是外地来的船只，没有滩师引领，触滩的可能性会更大。滩师是一个什么样的群体呢？根据老船工回忆，在赣江十八滩跑船的多数是客家人，祖上大老远迁来，上无片瓦，下无寸土，只能靠走船养活自己。他们质朴勤劳、乐观豁达，什么样的日子都能不紧不慢地过下去。一些年纪较大的船工，积累了大半生的航行经验，因此转入滩师行业。

一个合格的滩师具备察水观天的本领。老船工回忆，业内有些成熟的经验，比如，下午日将落山时，西边的光环和云层是红的，表示第二天天晴，若是乌云，说明第二天要变天或下雨起风；光环朝向东方，说明第二天有东风及雨。总之光环朝向哪个方向，哪个方向就要下雨。

船工刘衍平回忆，1973年他在赣州请过滩师，滩师上船掌舵，收入从货款中提成。1973年以后，他再没有请过滩师，好像这一行当不复存在了。如果船工的记忆无误，那么，滩师退出赣江十八滩的时间，可能比志书记载的时间晚10年。一个存在了上千年的行业突然消失，并不是偶然，因为整个赣江航运都瞬间消失了。今天，人们开始懂得了环保节约，赣江航运又将蓄势待发。

肆　春流十八滩

赣石三百里,春流十八滩。
路从青壁绝,船到半江寒。
不是春光好,谁供客子看?
犹须一尊渌,并遣百忧宽。

　　　——杨万里《过皂口》

一

杨万里南下广州，以诗开道，一路留香。我在这条古道上行走，不时停下来，在路旁的草丛、灌木丛中试图发现古驿道的遗踪。800多年前的古道上，伴随杨万里的是一路风尘、满眼春光、几许乡愁，他正一心赴任提举广东常平茶盐。

淳熙七年（1180年）正月，杨万里携家眷从涟塘出发，南下广东，一路上水陆并行。他的诗记下了南下的行程。乘船来到万安城下，过惶恐滩，宿皂口驿，过皂迳，经过分水坳到达赣州。

杨万里是穷人家的孩子。1127年，北宋灭亡，南宋建立。杨万里就出生在这一年。国运衰微，杨家贫困，杨万里8岁那年杨母去世，父亲杨芾带着杨万里在自己教书的私塾里读书。一个乡村塾师的收入是微薄的，杨万里曾这样回忆童年："我少也贱，无庐于乡。流离之悲，我岂无肠？""啼饥如不闻，饥惯自不啼。"然而父亲杨芾并不简单，《宋史·毛洵传》附《杨芾传》曰："有杨芾者，亦同县人，字文卿。性至孝，归必市酒肉以奉二亲，未尝及妻子。绍兴五年大饥，为亲负米百里外，遇盗夺之不与，盗欲兵之，芾恸哭曰：'吾为亲负米，不食三日矣。幸哀我！'盗义而释之。"至孝之人安无至孝之子？

杨万里以赣州司户为起点步入官场，天真率性的他，与通判发生争执，一气之下竟挂冠而去。如果不是父亲痛斥，如果不是太守宽容，杨万里一生或许如他的精神之父泸溪先生一样，成为家乡的一片闲云一只野鹤。

零陵县丞任上，杨万里结识了前宰相张浚。这位声名显赫的抗金领袖已谪居永州整整十年，他勉励杨万里"诚心敬意"，守住圣贤的天理人道。张浚也成为杨万里的又一位精神之父。这一年杨万里36岁，焚诗二千首，诀别江西诗派，独创诚斋体，成就一代诗宗。

在零陵，杨万里每年都要跑遍全县视察民情和丰歉，"不著官人宿，无如野店何。见容幸有此，虽陋更嫌佗？头虱妨归梦，邻鸡伴寤歌。此生眠食尔，行路总蹉跎"。难怪零陵百姓凑钱为他建造生祠，年年奉祀如仪。以杨万里之低微出身能获得百姓如此尊崇，在中国历史上也并不多见。

乾道六年（1170年）杨万里任奉新知县。奉新是个麻烦的地方，前五任知县不满任期都遭罢官。杨万里简约为官，成功处理了税案，赢得了百姓的信赖。"吾来官下未多时，梅已黄深李绿肥。只怪南风吹紫雪，不知屋角楝花飞。"此时的杨万里踌躇满志。在奉新为官时间虽短，百姓却铭记其功德，为他造生祠。如今生祠不在，可史册皇皇，光照千秋。

在杨万里的职场生涯中，任常平茶盐是一段重要的经历。茶盐司别称"仓司""庚司""庚台"，主管常平及茶盐事务，与转运司、提刑司、经略司并称"监司"，主要职能是掌茶盐之利，以充国库；主钞引之法，考核、赏罚茶官；纠劾各种违法行为及考核、奏劾、荐举州县地方官员等。这个岗位虽然级别不高，但责任重大，油水也肥。杨万里不敢懈怠。据涟塘人杨巴金先生说，杨万里此行特意带上大儿子杨长孺，目的是让儿子看父亲如何做官，如何履职。

船到惶恐滩头，杨万里从官舱里走到船头，对杨长孺说，那一年我去赣州赴任，走的是水路，那是第一次过惶恐滩，心里很是忐忑，今日再过，船家没变，他有经验，不怕。杨长孺说，父亲不怕，儿子也不怕。杨万里抬头望着两岸对峙的大山，诗兴大发，一口气吟出三首《惶恐滩》：

两山夹岸走苍龙，未放中间过玉虹。
只爱当头一峰好，一峰外面更三峰。

只愁江水去无还，石打银涛倒上滩。
道是此滩天下恶，古今放过几樯竿。

小烦溪友语阳侯，好遣漂沙盖石头。
能费奔流多少力，前头幸有一沙洲。

杨长孺不停地为父亲点赞，说，父亲的诗活泼自然，浅近明白，自成一家。杨万里说，当年我一把火烧了二千首旧作，为的是告别过去，迎接未来，现在看来，这个举动没错。两人说着话，船顺利通过了大蓼滩、小蓼滩，远远地看到岸上的竞秀亭。杨万里跟船家说，上岸小坐一会儿。在竞秀亭，杨万里又吟诗一首：

老夫上下蓼花滩，每到君家辄系船。
尊酒灯前山入座，孤蓬月里水连天。
炎凉书问二千里，场屋声名三十年。
竞秀主人文似豹，不应雾隐万峰巅。

早春时节，乍暖还寒。傍晚船到皂口。泊船上岸，杨万里左顾右盼，轻言道，船行两日才到半途，捋捋胡须，嘴里吟出《过皂口》：

赣石三百里，春流十八滩。
路从青壁绝，船到半江寒。
不是春光好，谁供客子看？
犹须一尊渌，并遣百忧宽。

这一夜，一家人宿在皂口驿。800多年前的皂口或许是一个荒无人烟的野渡，皂口驿也破败不堪。杨万里在《宿皂口驿》中如是描述：

倦投破驿歇征骖，喜见山光正蔚蓝。
不奈东风无检束，乱吹花片点春衫。

见驿站有车马，杨万里临时起意，决定不走水路改走陆路，或许这样会快一些。早晨经过皂口岭，他写了一首诗：

夜渡惊滩有底忙，晓攀绝磴更禁当。
周遭碧嶂无人迹，围入青天小册方。
半世功名一鸡肋，平生道路九羊肠。
何时上到梅花岭，北望螺峰半点苍。

到了皂迳，停车做饭。这个地方处在高地，有一个驿亭，供来往行人停歇，看着家人生火做饭，杨万里又做了一首诗《晨炊皂迳》：

问路无多子，驱车半日间；
行穿崖石古，蹈破藓花斑。
绿语莺边柳，青眼水底山。
人家岂无地，争住小溪湾？

皂口到赣州的驿道始于北宋，那时候赣江水运繁忙，这条驿道起到了分流的作用。百年过去，驿道破损，车马行进速度缓慢，中午才到分水岭。杨万里想着赣州就在前面，心头有些激动，作《步过分水岭》：

路险劳人杀，侬须下轿行。
石从何代落？蕨傍旧根生。
古树无今态，幽泉有暗声。
只言章贡近，犹自两三程。

分水岭是赣州与吉州的界山，过了分水岭才出万安，到了赣州地界。此处山高林密，泉水叮咚，吃过午饭，稍事休息，杨万里乡愁涌起，又作《憩分水岭望乡二首》：

岭头泉眼一涓流，南入虔州北吉州。
只隔中间些子地，水声滴作两乡愁。

岭北泉流分外忙，一声一滴断人肠。
浪愁出却庐陵界，未入梅山总故乡。

我粗粗算过，万安这一路杨万里作诗11首，可谓诗如泉涌。广州还远，这一路不知他要写多少诗呢！

时序迁流，万物兴替，爱恨交织情来揉捏。一声叹息，就是一段伤心往事，几声蛙鸣，就是一段风月闲愁。多美宋词，流畅、凄婉、缠绵、豪迈，宋人的情感丰沛而细腻，柔软而绵长，真实而可爱，在长长短短的韵律中延伸，延伸到人的骨血和灵魂里。

杨万里在常平茶盐任上没干多久，次年二月，改任提点广东刑狱，移驻韶关。淳熙九年（1182年）七月，杨万里继母去世，他回家奔丧，从此离开广东，直到绍熙三年（1192年）九月致仕回吉水老家，再没有踏上赣江十八滩之旅。杨万里留在赣江十八滩万安段的诗，让后人看到了一个相对完整的赣江十八滩图景。

杨万里在老家涖塘度过了15年的退休生活。1200年，长子杨长孺做南昌知县，他给父亲写信，准备接父母去南昌奉养。两天后，杨万里给儿子回信，陈述不去的理由。在这封《与南昌长孺家书》的家信里，我读到了杨万里的朴实和高洁，他只愿儿子好好做清官，而不愿给儿子增加些许负担和麻烦。杨长孺没有辜负父亲，在湖州做官时抨击权贵打压豪绅，在广州做官时代民交租。《江西通志》《广东通志》《浙江通志》《福建通志》《南昌县志》等均有其传。杨长孺以清廉爱民而闻名史册，后人称赞他"门风不坠，可敬可师"。"接天莲叶无穷碧，映日荷花别样红"，如此诗境恰如杨万里的人生境界。或许只有纯粹的人才配谈信仰。

史料记载：庆元元年（1195年）召赴行在，杨万里力辞；庆元二年（1196年）上《陈乞引年致仕状》；庆元三年（1197

年）再次请求"许臣守本官致仕";庆元四年（1198年）正月，进封吉水县开国子，食邑五百户，授太中大夫……直至开禧元年（1205年）朝廷仍有召赴，杨万里复辞。开禧元年二月，朝廷最后封赏这位行将就木的老人宝谟阁学士。可惜没有等到朝廷封赏的圣旨，五月初八，杨万里在他的居所悄然辞世。

细读这一段史料，我的内心充满了惊讶和敬仰。我惊讶的是杨万里如此大的定力，我敬仰的是一位置身官场三十多年的人，最终还是一位纯粹的诗人。

杨万里一生好茶爱茶，"故人气味茶样清，故人风骨茶样明"。白天饮，晚上饮无眠。"旧赐龙团新作祟，频啜得中寒。瘦骨如柴痛又酸，儿信问平安。"喝茶都喝出了病。"夜永无眠非为茶，无风灯影自横斜"，执着茶道，让他走进至伟至大的人生境界，至伟才华淬炼，至大良知铸就。

杨万里崇尚荷花，除了《小池》，还有一首耳熟能详的诗——《晓出静慈寺送林子方》，写的也是荷花。诗云：

毕竟西湖六月中，风光不与四时同。
接天莲叶无穷碧，映日荷花别样红。

出淤泥而不染的品格，让杨万里在官场举步维艰。没有真性情岂能做官？而仅有真性情又焉能安然做官？正如他的诗明白得谁都能懂，正如他的人诚实得让人不敢相信。杨万里在官场耗了半辈子，累官至宝谟阁学士，最后是"清得门如水，贫惟带有金"。他的儿子同样是进士出身，据说死的时候连棺材也买不起。父子两代人彻底践行了干净做官的信仰。

杨万里死后，获得了他这一级官员难以享有的崇高荣誉，皇帝封他为庐陵郡开国侯，赠光禄大夫，谥号"文节"。节者，气节、骨气。

二

有时候我想，古代官员闲暇作文，这个好传统什么时候开始丢了呢？与官员作文不同，南宋有一个专业诗人，一生游历，以诗为伴，他就是江湖派诗人，浙江台州人戴复古。

乾道三年（1167年），戴复古出生在一个穷书生之家。父亲戴敏才，自号"东皋子"，是一位"以诗自适，不肯作举子业，终穷而不悔"的硬骨头诗人，一生写了不少诗，在当时东南诗坛上颇有声誉，但留下来的很少。他在临终前对亲友说："我已病入膏肓了，不久将辞世，可惜儿子太小，我的诗将要失去传人。"他考虑的不是儿子的生计而是诗的传承，说他是诗痴一点不夸张。

戴复古不愧是父亲的好儿子，他长大后如父亲所愿，也是个诗迷。戴复古的时代正是"山河破碎风飘絮"，南宋小王朝偏安一隅、苟且求存的时代。南宋的偏安使台州成为东南沿海的既接近京畿又较为安定的后方,这个曾经偏远、闭塞的经济文化落后地区得以迅速的繁荣。可戴复古一如其父,不肯作举子业,宁愿布衣终身。他耿介正直,不吹拍逢迎,不出卖灵魂而求功名利禄,也与其父一样,终穷而不悔。这的确难能可贵。

戴复古在娶妻生子、学诗有成之后,首先是登山阴陆放翁之门,而诗益进,然后开始满怀信心地仗剑出游,目的地是京城临安。他兴高采烈地来到京城,希望能一举成名。然而现实是冷酷的,他一个无名青年怎能出人头地?空等了几年,大为失望,只能是"真龙不用只画图,猛拍栏干寄三叹"。此时宋金边衅已起,他再向北行,来到鄂州和淮河流域靠近前线的地方。"十年浪迹游淮甸,一枕高眠到鄂州。"想在从军入幕这一条路上找出路,结果仍是"活计鱼千里,空言水一杯"。这次前线之行,他亲身领受了"吾国日以小,边疆风正寒"的局势。1206年农历十月,金分兵九路南下伐宋,破真州,云梦、滁州、淮河一带又遭涂炭,这时他写下了著名的爱国诗篇《频酌淮河水》《淮村兵后》《盱眙北望》等,真实反映了人民饱受战争苦难的现状,表达了热爱祖国、怀念中原失地人民的深沉感情。

这十年出游击碎了他衣锦还乡之梦,"京华作梦十年余",却是"明知弄巧翻成拙,除却谋归总是虚"。只好失望而归。回来后才发现结发之妻已因病身亡,病中她还题二句诗于壁:"机番白苎和愁织,门掩黄花带恨吟。"触景生情,戴复古将其续成一律《续亡室题句》。失意而归又逢丧妻,真是祸不单行,他面对亡妻的画像不禁唱出:"求名求利两茫茫,千里归来赋悼亡。"其时两个儿子只有十多岁,实是催人泪下。

在家住了不长时间,"到底闭门非我事,白鸥心性五湖傍"。他又离家出游,这次大约是从温州、青田一带西上江山、玉山,至豫章,一路有诗。以豫章为落脚点,在江西长住了一段时间,并在赣江、袁江、抚河、信江之间走动,后来还到过杭州、福建、湖北、湖南、江苏、安徽。约20年后回家。

这次出游首先是听闻不少京官调往江西,他去江西想找熟人寻出路,结果又是失望,失望之中他感到"山林与朝市,何处着吾身",于是广交诗友,切磋诗艺。这个目标倒是意外地实现了,诗歌创作获得了空前大丰收。"蹭蹬归来,闭门独坐,赢得穷吟诗句清。"继他前十年渐渐播开了诗名后,此次出游更是在文坛上逐步形成了江湖诗派。1227年春夏,戴复古到江西,在万安江上以一首《万安江上》表达了归家的念头:

不能成佛不能仙,虚度人间六十年。
镜里姿容虽老矣,酒边意气尚飘然。
安排玉白花红句,趁办橙黄橘绿天。
无奈秋风动归兴,明朝问讯下江船。

这一次,他终于以"专业诗人"的身份出现于边境、前线、官府、民间，体验殊深。他寄希望于主战派官员，高度赞扬人民的高昂斗志，真实而深刻地反映民间疾苦，愤怒地揭露、谴责朝野的投降派，这时他的诗歌已成了经世致用的重要工具，因而诗名大振。

我在资料中发现他留在万安的一首诗《游五云阁》。

凌空杰阁为谁开，隔岸芙蓉不用栽。
今古相传彩云见，江山曾识大苏来。
酒边歌舞共一笑，客里登临能几回。
翠浪玉虹从此去，明朝人在郁孤台。

戴复古没有停下出游的脚步，正如他的父亲一样，家中的儿孙是否能吃上饭仿佛与他无关。戴复古不顾年迈，继续出游，大约从1229年春开始，从60多岁到70岁这一段游历，足迹较为清楚。先到福建，再转江西，1234年第二次入福建，然后出梅岭，游广州、桂林，再折回衡阳，又经长沙，第三次到鄂州。1236年之后往东，游吴门、扬州，1237年被儿子阿奇从镇江接回家。在这近十年的游历中，他主要是访友，并请人为诗集作序，安排付梓。他二到福建，第一次是1229年春请陈日方作诗序，第二次是1234年，在邵武太守王子文的邀请下，做了一段时间的军学教授，10月王子文为《石屏集》作了序。在邵武结识了严羽，这是戴复古第三次漫游的最大收获。

1234年冬,王子文邀严羽和戴复古同登望江楼饮酒作诗,留下一段佳话。望江楼在邵武城东的富屯溪畔,楼高十余米,檐牙三重,登之可望十里。这时严羽才二十来岁,戴复古已是赫赫有名的诗人,并以学官身份临驻邵武。太守王子文爱诗,但倾向于"江西派"。严羽参禅理,提倡"妙悟",力追盛唐,反对风靡一时的"江西派"。这一天,三人在望江楼饮酒论诗,各执己见,争论不休。戴复古倾向于严羽的说法,也反对"江西派",但又不同意把诗说得太空灵,太玄妙。后来他作了《论诗十绝》,系统地表达了作诗的见解,成为以诗论诗的杰作。后人为纪念这一雅事,把望江楼改称为诗话楼,并塑三人像于楼上供人瞻仰,诗话楼也成了福建的一大名胜。

1237年,戴复古终于厌倦了40年的江湖生涯,辞别故人,踏上归程。"阻风中酒,流落江湖成白首,历尽间关,赢得虚名满世间。""落魄江湖四十年,白头方办买山钱。"他终于回归故土。

戴复古的晚年在委羽山东麓度过,有他写的《委羽山》和委羽山脚下的戴公祠为证。这段时间他常和儿孙辈及家乡至交诗词唱和,但也不忘国事。

戴复古是南宋后期"江湖派"诗人中最杰出、最典型的代表。他游历江湖时间之长、范围之广,对国家命运、人民生活之关切、忧虑,对统治者及投降派之愤慨、谴责,都无愧于"晚宋之冠"的称许。

三

朱彝尊是清朝文坛大名鼎鼎的人物，在诗坛与王士祯并称"南朱北王"，在词坛与陈维崧、纳兰性德并称"清初三大词人"，是名副其实的浙派掌门人。他自言拥书八万卷足以豪矣，所著《词综》至今也是词学不可忽视的选本。康熙帝第五次南巡，朱彝尊向康熙献所著《经义考》，康熙赐匾"研经博物"。

朱彝尊是名门之后，曾祖父朱国祚为万历年间状元，官拜礼部尚书兼东阁大学士，加太子太保，进文渊阁大学士，著有《介石斋集》。但是到朱彝尊出生的时候，家境早已没落。朱彝尊自小接受家学熏陶，热爱读书，尤其喜欢写诗作词。朱彝尊著作等身，但他最得意的诗是《风怀二百韵》。有人曾对朱彝尊说，只要你把《风怀二百韵》从集子里删去，将来是绝对可以位列孔庙陪祀孔子的。朱彝尊说："宁不食两庑特豚，不删《风怀二百韵》。"可见《风怀二百韵》在他心里的分量。《风怀二百韵》其实是一首叙事诗，也是情诗，共四百句，二百韵。朱彝尊用诗的方式记录了一段刻骨铭心的爱情故事。

当时有一位费姥姥常常来往于朱家和冯家，有意撮合朱家与冯家，常在朱彝尊母亲面前夸奖冯家长女冯福贞，说冯福贞聪慧可人。朱彝尊的母亲心动了，经过费姥姥的努力，成功和冯家冯福贞定亲。但是朱家经济状况越发不好了，朱彝尊17岁的时候，家中遭难，粮食颗粒无收，拿不出像样的聘礼去迎娶家境好的冯家女儿。朱家又不愿意放弃这门亲事，只好让朱彝尊入赘冯家。冯家虽然接受了，但是入赘后的朱彝尊仍然迷恋读书写作，于家庭无补，冯家虽然面上不说，心里还是瞧不起朱彝尊。学富五车的朱彝尊面对别人或明或暗的鄙视，怎么可能熟视无睹？以赘婿的身份在冯家生活的朱彝尊可谓苦不堪言，迫切希望改变现状，展示自己的价值。然而命运似乎总是捉弄他，参加科考却屡次不第，无奈之下他只好去做私塾老师赚钱补贴家用。

顺治十三年（1656年），海宁人杨雍建在广东高要做知县，聘请朱彝尊为塾师教授其子。朱彝尊欣然接受，只身前往岭南。这年夏天他从杭州登船，经长江进鄱阳湖入赣江，千里迢迢赶赴广东。旅途虽然疲劳，但看不见妻子的冷漠，心像长了翅膀在天空中飞翔。第一次过赣江十八滩，朱彝尊写下了多首诗：

白鹭洲前动客愁，黄公滩畔驻行舟。
谁开瘴岭天边路，惟有青江石上流。

羊肠鸟道几千盘，设险岂惟十八滩。
见说一滩高一丈，直从天上望南安。

铜盆滩急水西东，两岸青山四面风。
绝壁倒流巫峡雨，悬流直下吕梁洪。

黄芽峡外野人居，潭影空明漾碧虚。
长箭短衣朝射虎，鸣榔持火夜罾鱼。

断壑阴崖百丈牵，斜风细雨万山连。
长年三老愁无力，羡杀南来下濑船。

红霞深树岭云平，两桨划船石罅行。
浦口青猿催客泪，一时齐作断肠声。

这些诗统称《过十八滩》，大致是朱彝尊过滩的感受。我只能部分考究哪一首写的是哪一滩，朱彝尊的诗也让我看到了赣江十八滩旧时的风貌。

顺治十五年（1658年）四月，朱彝尊启程归家，走的也是赣江，途经南雄，去拜访知府陆世楷。这位浙江老乡很是热情，朱彝尊跟陆世楷谈起赣江十八滩的感受，陆世楷便把自己的几首旧作交给朱彝尊赐教。

《初入赣过惶恐滩和东坡韵》：

暂辞束带即闲人，柔橹轻桡狎此身。
忠信自能忘险道，艰危真可见劳臣。
舟随濑下迅逾鹘，石与波平细似鳞。
莫畏三江风浪恶，滔滔南北总迷津。

《冒雪出滩遇官军船于万安城下》：

滩尽黄公声悄然，孤城一片拥寒烟。
军中自爱吹羌笛，数落梅花满客船。

朱彝尊看着陆知府的诗，仿佛置身于回家的路上。回到老家后，朱彝尊仍被妻子嫌弃，他内心十分痛苦，但是小他七岁的妻妹冯静志却给他灰暗的生活增添了一些活力和色彩。冯静志十分喜欢诗词，十分敬重有才学的朱彝尊，常常去请教朱彝尊。冯静志聪颖机敏，学得又快又好，朱彝尊对她萌生了好感。两人的相处逐渐多了起来，日久生情，朱彝尊对冯静志产生了不一样的感情。冯静志对朱彝尊当然也是有好感的，但这种感情于礼不合，于情不适。冯静志和朱彝尊都知道对方的心思，也知道这种暗恋注定没有结果。冯静志到了婚配的年纪。冯家不复当年的风光，家境渐渐没落，吴家前来求亲，冯母同意了。

冯静志婚后的生活并不幸福，吴家巨富，但儿子样貌丑陋，为人粗鄙，冯静志对他毫无感情。不仅如此，吴公子还常常对冯静志非打即骂，这时候的冯静志不由得思恋才华横溢的姐夫，这为她困苦的生活增加了一丝念想。后来冯静志的丈夫去世，冯静志成了寡妇，回娘家更方便，与朱彝尊两人相见互诉衷肠。但是道德高悬，二人守着最后的底线，冯静志在忧思中早早地离开了人世。

冯静志去世时才33岁。朱彝尊很是伤心，只能以诗纪念她，他的第一本词集叫《静志居琴趣》，记录了自己与冯静志的点滴，述说自己的爱恋。这样的感情在礼教严苛的时代注定是不为世人所容的，自然引起了许多流言蜚语，但是朱彝尊没有妥协，勇敢地讲述了自己对妻妹的爱。已经成为词坛领袖的他，不惧流言蜚语，在编写词集的时候坚持不删除讲述自己与妻妹爱情的《风怀二百韵》，即便这些词可能使他失去进入孔庙的机会、享受春秋祭祀的资格，他也在所不惜。其实这些词也成就了他，其中的《桂殿秋》更是让陈延焯、叶嘉莹等后人赞叹不已，甚至说这是他的巅峰之作。

思往事，渡江干。青蛾低映越山看。共眠一舸听秋雨，小簟轻衾各自寒。

短短27个字，蕴含了朱彝尊对冯静志克制的爱恋。这样的爱恋，这样的描绘，让很多人觉得这首词的境界比纳兰性德词更胜一筹。情不知所起，一往而深。朱彝尊为了心底那份美好的感情，也要让这首词流传下去。

朱彝尊忘不了自己困顿时家人和发妻的冷漠，而冯静志却像太阳一般温暖了朱彝尊冰冷的心。冯静志生活不如意时，家人都不为她出头时，也只有朱彝尊温暖着冯静志。正是因为这份纯粹与美好的感情，朱彝尊才写出了如此精妙绝伦的词。这样的感情让朱彝尊一生都难以忘怀，他宁愿违背礼教也要将这份美好宣告于世。

朱彝尊直至老年时才谋得一份官职，在此之前一直醉心于诗词，终日与诗词为伴。正是这份执念、这场爱恋，让他开创了"浙西词派"。

四

乾隆四十九年（1784年），袁树知端州，他邀请堂哥袁枚游历岭南。这一年袁枚69岁。

袁枚的一生很有意思。乾隆四年（1739年）中进士，先后做过溧水、江宁、江浦、沭阳县令，也许是县令做久了，让他对吏禄产生了倦意。乾隆十四年（1749年），袁枚辞官隐居于南京小仓山随园，广收弟子，女弟子尤众。

也许是南京住久了，袁枚不顾年迈，居然应了堂弟袁树南下的邀请。他还记得少年时前往广西求学的经历。

袁枚幼年时家境贫困，但他天资聪颖，嗜书如命。少年袁枚买不起书读，就借书看，或者到书店去站着看书。他总是一手翻书，一手执笔摘录，不论严寒酷暑，从不间断，摘录好后，他就分门别类地进行整理。9岁那年，他偶然从别人家里借了几本《古诗选》，这本书引发了他对诗歌的极大兴趣，他吟咏、抄写、背诵，很快就熟悉了历代诗歌的特点，天天模仿着写诗，写得清新流畅。

一天，袁枚随着大人们游览杭州吴山，拾级而上，站在山顶鸟瞰。杭州城里千家万户尽在脚下，山腰云雾缭绕，云蒸霞蔚。大人们有的捋髯，有的赞叹，有的感喟"眼前有景道不得"，有的只能连声赞美"好景好景"。这幅美景触发了袁枚的灵感，他当即吟了一首五言诗，其中两句说道："眼前两三级，足下万千家。"大人们都非常惊异于袁枚的诗才，说这首诗想象力丰富、亲切自然。晚年，已是老态龙钟的袁枚重游吴山，回忆9岁时写的这首诗，仍很感慨地说道："童语终是真语啊！"

袁枚12岁考中秀才，在家乡被誉为"神童"，但他出身贫微，影响了进一步深造和发展。父亲为了儿子的前途，托人带袁枚到广西桂林袁鸿处继续深造。有一天，广西巡抚看见袁枚相貌不凡，想试试他的才学，让他以"铜鼓"为题写一篇赋。"铜鼓"是广西边境的一个地名，当时正值越南大肆入侵，才华横溢的袁枚略加思索，挥笔立就。巡抚一看满纸金玉、文采飞扬，极为赞赏，力荐他参加博学鸿词科考试。这次考试，生员一共193人，只录取15名。袁枚虽然名落孙山，但是由于他年纪最小，所以很快就名满京城。

袁枚最终成长为一位非常了不起的诗人和散文家，著有《小仓山房诗文集》《随园诗话》等。

袁枚的岭南之行自然没有记载，遗憾的是他在南下途中也没有留下一首诗。回家时绕了一个大弯，经阳朔、桂林、兴安、全州，转道南雄北返，途中再次经过赣江十八滩。这一回他留下了两首诗。在《过万安县山水渐佳》一诗中写道：

舟过万安县，悠然心目开。
恍疑仙境入，只见好山来。
树色千层锦，滩声四面雷。
悬崖几茅屋，远望似楼台。

《又过十八滩》是一首长诗，诗中描述：

一滩已觉险，况乃滩十八。
何年修罗王，留此众罗刹。
沉者如伏蛟，水中暗吞齰。
浮者排阵图，当头作阻遏。
掎门岂安横，井底乱投辖。
触舱或怒僵，逢缆必全割。
伟哉篙工勇，入水将舟夺。
初将周鼎扛，继作宋人揠。
但闻声许许，愈知难戛戛。
周旋石缝中，隙罅辄先察。
坚忍横逆来，拱护使上达。

裸国解下裳，强鏖类铁拔。
南船虽将牢，北兵甚操刺。
水犀军已成，石婆党尽杀。
小屈总是伸，大度何妨豁。
三日出重围，橹声鸣轧轧。

袁枚是性灵派的代表人物，与赵翼、蒋士铨合称为"乾嘉三大家"，又与赵翼、张问陶并称"性灵派三大家"，为"清代骈文八大家"之一。文笔与大学士纪昀齐名，时称"南袁北纪"。他主张诗文创作应该抒写性灵，要写出诗人的个性，表现个人生活遭际中的真情实感。在《随园诗话》卷一第五十二则中，讲述了江阴城女子在兵卒面前自杀的故事。这位女子为了保全自己的贞洁，向兵卒请求取水解渴，趁机投江而死。她咬破手指，题诗"寄语路人休掩鼻，活人不及死人香"，表达了她对生命的珍视和对侮辱的反抗。《随园诗话》卷二第四则中，袁枚记录了一个担粪者的故事。这位担粪者在梅树下高兴地报告说："有一身花矣！"袁枚因此有感而发，创作了诗句"月映竹成千个字，霜高梅孕一身花"。这两句诗虽然出自袁枚之手，但灵感来源于担粪者的生活场景。《随园诗话》卷三第七十九则中，袁枚提到了一位名叫侯光第的惠山人士，他的诗作清妙且富有情感，"千载比肩惟杜甫，一生低首只宣城"，以及"一帘红日正梳头"，袁枚认为这些诗句是非常形象生动的千古佳句。《随园诗话》卷四第五十一则中，袁枚记录了一位名叫艳雪的佟氏姬人所写的绝句"美人自古如名将，不许人间见白头"。这两句诗表达了对美人（或英雄）无法善终的感慨，与宋笠田明府的"白发从无到美人"之句相似，展现了袁枚对女性才情的重视和记录。这些故事不仅展示了袁枚的文学才华和对生活的敏锐观察，也反映了他对人性、社会和自然的美好追求。

伍 南下

人生如逆旅,我亦是行人。

——摘自苏东坡
《临江仙·送钱穆父》

一

苏东坡过惶恐滩时留下一首诗，像是一只飞鸿落在历史的时空，惊艳了上千年。

跟着苏东坡被贬惠州的线路，我试图寻找他在万安的行踪。绍圣元年（1094年）四月，苏东坡带着侍妾王朝云和三子苏过从定州启程，辗转到了扬州，此时再无钱雇车马了，一度被困在途中。这才请求宋哲宗允许他乘船南行，让他欣慰的是，哲宗恩准了他的请求，成全了他生平第一次赣江之旅。

是年八月初七，苏东坡乘坐的官船终于到了云洲。这是一个美丽的地方，它处在赣江和遂川江相交的岛上，江天辽阔，北眺矮山逶迤，南望高山绵延，万安城近在咫尺。苏东坡站在船首，在落日余晖中凝望着前方，两岸青山遮蔽，江面突然收紧变窄。就要过赣江十八滩了，船家对苏东坡说，黄公滩就在前面，此滩奇险，天快断黑，就在云洲将就一宿，明日上午过黄公滩可好？

黄公滩是赣江十八滩中最险的一滩，滩中有屏风石，嶙峋峭拔，矗立于江中，航道狭窄弯曲，水流奔暴，暗礁林立，让行船走水的人胆寒。苏东坡此时对江西并不熟悉，他只知道南下要过赣江十八滩，此时听船家说起黄公滩，心里猛然一惊，应着船家，哦，惶恐滩。这一声惶恐滩，引出了苏东坡无限感慨。

15年前一场灾祸从天而降，苏东坡在知湖州任上，因反对变法，遭御史台陷害。御史李定、何正臣、舒亶等人，举出苏东坡《杭州纪事诗》作为证据，并从他的诗文中断章取义，说他"玩弄朝廷，讥嘲国家大事"。七月，御史台派遣皇甫遵等人逮捕苏东坡，将他关进了御史台的监狱。在严刑拷问下，苏东坡不得不屈辱认罪，到十二月底，蒙神宗恩赐被判流放黄州，至此苏东坡已被拘禁长达130多天。元丰二年（1079年），这宗所谓的"乌台诗案"让苏东坡受尽凌辱，身心备受煎熬。此时他听船家说起黄公滩，自然误作了惶恐滩。

苏东坡一生与四州结缘，元丰二年被贬黄州，元祐八年（1093年）被贬定州，绍圣元年又被贬惠州，绍圣四年（1097年）再贬儋州。他的经历几多坎坷与折磨，也许恰恰是这样的苦难经历，造就了他独特而鲜明的魅力。青年时意气风发，中年时愈挫愈勇，老年时达观淡泊，竟然如此完美地在苏东坡身上体现出来，连绵千年依然余音绕梁。他写诗填词做文章，挥汗弯腰种过田，"上可陪玉皇大帝，下可陪卑田院乞儿"，无论是怎样的际遇，苏东坡都真实自由地活着，因此得到了后人发自内心的喜爱。

苏东坡没在江西做过官，却与江西缘分不浅。元丰七年（1084年），苏东坡第一次来到江西。早在元丰二年，苏东坡因"乌台诗案"被贬黄州，这一次改迁汝州，正好趁机去庐山，欣赏心仪已久的"飞流直下三千尺，疑是银河落九天"的美景。苏东坡崇拜李白，称赞李白："佳人持玉尺，度君多少才。玉尺不可尽，君才无时休。"春夏之交，庐山的美景让苏东坡流连忘返，写下了千古绝唱《题西林壁》：

横看成岭侧成峰，远近高低各不同。
不识庐山真面目，只缘身在此山中。

要过惶恐滩，那就在岛上住下来吧。苏东坡应了船家，泊船上岸。云洲是遂兴县治旧址，遂兴县治西迁龙泉后，云洲成了万安镇治。熙宁四年（1071年），万安镇升格为万安县后县治东移。23年过去，云洲虽然冷清了许多，但镇治的设施仍在，五云阁就是一处不错的客栈。

夜里，林涛与江涛遥相呼应，苏东坡辗转难眠，没想到人生的太多际遇都在万安这一地得到了缓释。他吩咐三儿苏过铺纸磨墨，写下了题为《八月七日初入赣过惶恐滩》：

七千里外二毛人，十八滩头一叶身。
山忆喜欢劳远梦，地名惶恐泣孤臣。
长风送客添帆腹，积雨浮舟减石鳞。
便合与官充水手，此生何止略知津。

次日，苏东坡离开五云阁，店家看到桌子上留下的这首诗。人们争相传诵，官方的档案也有收录，从此黄公滩被官方认可为惶恐滩。历史的机缘让大文豪苏东坡为黄公滩改名，这一改倒让黄公滩更贴近本质。如果说这一改恰到好处，那么，知津阁又是怎么回事？根据县志记载，云洲有五云阁，并无知津阁，或许苏东坡出于表达心境的需要，有意将五云阁称作知津阁，就如同他执意要将黄公滩改成惶恐滩一样。

苏东坡诗中放言"此生何止略知津"，让人迷惑的是，既然没有迷津，又怎能屡屡被贬？心性使然，这或许就是苏东坡执意改五云阁为知津阁的缘由吧。

八月江水枯竭，奇石露出水面，江面一丛丛乌石像是杂陈在水上的猛禽，让人目眩。好在船家昨晚做了准备，只身前往县城请了滩师导航，这才平安地驶过了惶恐滩。苏东坡松了一口气，船家说，前面一路都是险滩，官人你可坐好了。苏过扶着父亲进了官舱。

万安于苏东坡而言不过是一个人生驿站，他写万安的诗，在他无数诗词中也许算不得什么，但是赣江十八滩记取了苏东坡的身影。

二

八境台是赣州地标性建筑。在亭台、楼阁、轩榭、舫廊等古代传统建筑形式中，台是高出地面而建的露天的、表面比较平整的、开放性的建筑，主要的功能是登高远眺、祭祀和观景。八境台像是为苏东坡量身定做的，满眼都是苏东坡的诗文。让我惊讶的是，苏东坡在赣州逗留的时间不长，却给赣州留下了丰厚的文化遗产。

在我的想象中，苏东坡通过赣江十八滩来到赣州城下，看到了耸立在城墙上的八境台，内心竟有些激动。那里有故友治下的政绩，还有自己为赣州八景题的诗。苏东坡有些急切地停舟登岸。

几年前苏东坡就为赣州写下了《虔州八境图》八首，那时候苏东坡还没有踏上江西的土地。元丰元年（1078年），好友孔宗翰赴陕州履新，苏东坡前去送行，孔宗翰把自己绘制的《虔州八境图》面呈给苏东坡，请求苏东坡按图题诗八首。苏东坡知道孔宗翰对虔州感情笃深，知军期间亲率军民以砖石砌城墙，并冶铁浇之，使赣州城墙固若金汤，人民免遭水灾侵扰，并在章贡两江交汇的龟尾角城墙上建造八境台，登上此台，赣州八景一览无余，故取名八境台。苏东坡答应好友按图题诗，这便有了留传后世的《虔州八境图》八首，分别是《石楼》《章贡台》《白鹊楼》《皂盖楼》《马祖岩》《尘外亭》《郁孤台》《崆峒山》。

坐看奔湍绕石楼，使君高会百无忧。
三犀窃鄙秦太守，八咏聊同沈隐侯。

涛头寂寞打城还，章贡台前暮霭寒。
倦客登临无限思，孤云落日是长安。

白鹊楼前翠作堆，葏云岭路若为开。
故人应在千山外，不寄梅花远信来。

朱楼深处日微明，皂盖归时酒半醒。
薄暮渔樵人去尽，碧溪青嶂绕螺亭。

使君那暇日参禅，一望丛林一怅然。
成佛莫教灵运后，着鞭从使祖生先。

却从尘外望尘中，无限楼台烟雨濛。
山水照人迷向背，只寻孤塔认西东。

烟云缥缈郁孤台，积翠浮空雨半开。
想见之罘观海市，绛宫明灭是蓬莱。

回峰乱嶂郁参差，云外高人世得知。
谁向空山弄明月，山中木客解吟诗。

到了赣州，苏东坡突然发现自己与赣州神交已久。登上八境台,目睹虔州八景,竟是如此真切,诗人的天性在此怒放。

这一次身临其境,相比看图作诗,苏东坡还是生出不少感慨,"前诗未能道其万一",于是补作《虔州八境图后序》。

《南康八境图》者,太守孔君之所作也。君既作石城,即其城上楼观台榭之所见而作是图也。

东望七闽,南望五岭,览群山之参差,俯章贡之奔流,云烟出没,草木蕃丽,邑屋相望,鸡犬之声相闻。

观此图也,可以茫然而思,粲然而笑,慨然而叹矣!

苏子曰:此南康之一境也,何从而八乎?所自观之者异也。

且子不见夫日乎,其旦如盘,其中如珠,其夕如破璧,此岂三日也哉!

苟知夫境之为八也,则凡寒暑、朝夕、雨旸、晦明之异,坐作、行立、哀乐、喜怒之变,接于吾目而感于吾心者,有不可胜数者矣,岂特八乎?

如知夫八之出于一也,则夫四海之外,诙诡谲怪,《禹贡》之所书,邹衍之所谈,相如之所赋,虽至千万未有不一者也。

后之君子必将有感于斯焉。乃作诗八章,题之图上。

苏东坡在赣州停留一月有余。在赣州期间,苏东坡游览了郁孤台,目睹"掰开章贡江流去,分得崆峒山色来"的景象,唱吟"日丽崆峒晓,风酣章贡秋"的绝句,在新作《过虔州登郁孤台》中表达了对赣州的怀念之情。

八境见图画，郁孤如旧游。
山为翠浪涌，水作玉虹流。
日丽崆峒晓，风酣章贡秋。
丹青未变叶，鳞甲欲生洲。
岚气昏城树，滩声入市楼。
烟云侵岭路，草木半炎州。
故国千峰外，高台十日留。
他年三宿处，准拟系归舟。

在赣州，苏轼留下了许多脍炙人口的诗篇，《虔州八境图后序》刻于八境台。尤其值得一提的是，苏东坡慕名造访乡贤、著名隐士阳孝本，两人偕游虔州名胜古迹，倚泉促膝交谈，赋得《廉泉》一首：

水性故自清，不清或挠之。
君看此廉泉，五色烂摩尼。
廉者为我廉，我以此名为。
有廉则有贪，有慧则有痴。
谁为柳宗元，孰是吴隐之。
渔父足岂洁，许由耳何淄？

纷然立名字，此水了不知。
毁誉有时尽，不知无尽时。
竭来廉泉上，捋须看鬓眉。
好在水中人，到处相娱嬉。

贬途之中的苏东坡竟有如此旷达的胸襟，似乎有一种"不以物喜，不以己悲"的超然境界。不知为什么，赣州竟让苏东坡发出了"他年三宿处，准拟系归舟"的感叹，苏东坡用佛教"三宿恋"的典故，表达了自己对赣州的深深留恋，以及对未来某一天重回赣州的期待。

然而，赣州毕竟不是归宿，他还得踏上被贬的旅途南下，告别之日就在眼前。九月，苏东坡离开赣州，翻过大庾岭，朝着岭南进发。

一念失垢污，身心洞清净。
浩然天地间，惟我独也正。
今日岭上行，身世永相忘。
仙人抚我顶，结发授长生。

大庾岭是苏东坡人生的界碑，抛下过去的身世宠辱，清除红尘俗世的染污，苏东坡感觉到仙人为他抚顶，授记他学道成功。他在《东亭》诗中写道：

仙山佛国本同归，世路玄关两背驰。
到处不妨闲卜筑，流年自可数期颐。
遥知小槛临廛市，定有新松长棘茨。
谁道茅檐劣容膝，海天风雨看纷披。

到了韶州，苏东坡逢庙必拜，见道则访。过月华寺而至曹溪南华寺。苏轼伫立寺前，不觉泪如雨下。念人生之虚幻，悲身世之坎坷，在一种神秘的感召下，他似乎幡然醒悟，发现自己本是三世精练的修行人，只因一念之差，才流落红尘，决心精进修禅，得见本来面目。这种心境具在《南华寺》一诗中。

云何见祖师，要识本来面。
亭亭塔中人，问我何所见。
可怜明上座，万法了一电。
饮水既自知，指月无复眩。
我本修行人，三世积精练。
中间一念失，受此百年谴。
抠衣礼真相，感动泪雨霰。
借师锡端泉，洗我绮语砚。

诗咏六祖指示开悟，顿见本心的事迹，顿悟世事变灭无常，恰似一闪即过的雷电。在南华寺，苏东坡以六祖弟子自况，表现他拜见祖师、潜心向佛的心情。

离开南华寺，苏轼乘舟经英州到广州，途中游英州圣寿寺、碧落洞、清远峡山寺、广州白云山蒲涧寺，登罗浮山访求仙人安子期旧迹，至冲虚观见葛洪丹炉。过广州买得檀香数斤，打算"定居之后，杜门烧香，闭目清坐，深念五十九年之非"。苏东坡一向内求诸己，常行忏悔，在《与王庠书》中说自己"少时本欲逃窜山林，父兄不许，迫以婚宦，故汩没至今"。如果说，早年苏东坡虽然谈禅论道，但仍以儒家伦理观念作为主要的处世原则，那么，此时此刻，他站在超然的立场上来评判自己的过去，沿途不停地检讨自己，发誓不再在尘世间汩没浸润。

南国风光令他耳目一新，林间溪畔常有奇遇，隐士、道人与高僧竞相与他交游，足迹所至，皆有题咏。随侍身旁的三子苏过也常与父亲同题赋诗，才华初露，出语不凡。十月二日深秋的傍晚，苏东坡到达惠州，一缕夕阳照在他疲惫的脸上。

三

建中靖国元年（1101年），苏东坡北返。起点儋州，终点未定，路中取道大庾岭过赣江十八滩，至于最后在哪里归养，走着想着再说吧。

春节刚过，苏东坡到达大庾岭。早春的天气依然寒冷，岭上的山风嗖嗖地穿过脊背，苏东坡已是六十好几的人了，这会儿他抖擞精神伫立在岭上，任凭寒风拂过全身，撩起飘曳的长衫，手捋花白稀疏的胡须，朝南遥望。惠州、儋州七年，皇帝终于网开一面，允许苏东坡回家归养，这意味着"罪臣"的身份从此解除，虽然这七年也没什么不好，但毕竟头上戴着一顶"罪臣"的帽子，现在轻松了。

暂着南冠不到头，却随北雁与归休。
平生不作兔三窟，今古何殊貉一丘。

苏东坡诗兴大发，他想到当年柳宗元曾经感叹："一生判却归休，为着南冠到头。"可庆幸的是，如今自己终于可以在有生之年摆脱罪臣的身份，度岭北归。回首过去，他无怨无悔：

当日无人送临贺，至今有庙祀潮州。
剑关西望七千里，乘兴真为玉局游。

唐代杨凭被贬为临贺尉，亲友尽皆畏避，无人为他送行。只有徐晦到蓝田与他饯别。张籍曾作诗道"身着青衫骑恶马，东门之外无送者"，极见世态之炎凉。韩愈贬谪潮州，深得当地百姓的爱戴，他离去后，潮州人立庙祭祀，表达怀念追慕之情，几百年过去，香火依然不断。苏东坡以杨凭、韩愈自比，总结七年的流放生涯，内心坦然，充满自信，他兴致勃勃地设想：现在有了这个成都玉局观提举的虚衔，说不定哪天真会有机会乘兴远游，入剑关，回到数千里之外的故乡去。

寒风中苏东坡默默踱步，梅岭道上的梅花开了，白花如雪，红花如血，这寂寥的荒野中竟有如此热烈的花事。朝北遥望，苍山如莽，归途遥遥，可是无论归向哪里，苏东坡内心都是高兴的。七年一梦，忽而岭北，忽而岭南，忽在海外，忽过曹溪，鸣泉轰然，云岚滴翠，惊起的山鸡在丛中蹿动，心与物，物与心反复碰撞，一抹惊艳划落南安：

七年来往我何堪，又试曹溪一勺甘。
梦里似曾迁海外，醉中不觉到江南。
波生濯足鸣空涧，雾绕征衣滴翠岚。
谁遣山鸡忽惊起，半岩花雨落蓰蓰。

据说当时岭上村店前正站着一位白发老者，他见苏轼徘徊于山岭，吟唱不绝，不禁好奇地问随行的仆从这位官人是谁。仆从说，是东坡先生。老者在这条路上开店多年，鼎鼎大名的苏子瞻先生哪里不知？老者连忙起身来到苏东坡面前，拱手行礼，说，先生进屋喝口热茶，我听说您被人陷害，今日北归，真是天佑善人啊。苏东坡看着这位与自己年龄相仿的老人，内心充满感激，当即叫苏过磨墨，在村店赋诗题壁：

鹤骨霜髯心已灰,青松合抱手亲栽。
问翁大庾岭头住,曾见南迁几个回?

有几次登梅岭,我真想寻得这首《赠岭上老人》,可村店早就没有了。

苏东坡很庆幸自己还能北归。当年同被流放南荒的元祐大臣中,处分最重的除了苏轼,便是刘安世。绍圣年间,他一再遭贬,"奉老母以行,途人皆怜之",当时人所说的"春循梅新,与死为邻;高窦雷化,说着也怕"的八大险恶军州,刘安世历遍七州。此时遇赦北归,与苏轼在虔州相遇。

《宋史》卷三百四十五有刘安世传,载:

迁起居舍人兼左司谏,进左谏议大夫。有旨暂罢讲筵,民间欢传宫中求乳婢,安世上疏谏曰:"陛下富于春秋,未纳后而亲女色。愿太皇太后保祐圣躬,为宗庙社稷大计,清闲之燕,频御经帷,仍引近臣与论前古治乱之要,以益圣学,无溺于所爱而忘其可戒。"哲宗俯首不语。后曰:"无此事,卿误听尔。"明日,后留吕大防告之故。大防退,召给事中范祖禹使达旨。祖禹固当以谏,于是两人合辞申言之甚切。

邓温伯为翰林承旨,安世言其"出入王、吕党中,始终反复。今之进用,实系君子小人消长之机。乞行免黜"。不报。逐请外,改中书舍人,辞不就。以集贤殿修撰提举崇福宫,才六月，召为实文阁待制、枢密都承旨。

范纯仁复相，吕大防白后欲令安世少避。后曰："今既不居言职，自无所嫌。"又语韩忠彦曰："如此正人，宜且留朝廷。"乃止。吕惠卿复光禄卿，分司，安世争以为不可，不听。出知成德军。章惇用事，尤忌恶之。初黜知南安军，再贬少府少监，三贬新州别驾，安置英州。

同文馆狱起，蔡京乞诛灭安世等家，谳虽不行，犹徙梅州。惇与蔡卞将必置之死，因使者入海岛诛陈衍，讽使者过安世，胁使自裁。又擢一土豪为转运判官，使杀之。

苏、刘两人政治上不是同道，私人关系也算不得朋友。刘安世性格严谨、不苟言笑，与苏轼不羁、随和的个性恰恰相反。因此当年在中书省共事时，便因处世态度和处世方式不同而常常发生摩擦。如今时过境迁，经历了七年的流离坎坷，再度相逢，彼此的观感都大不相同了。刘安世评价苏轼："浮华豪习尽去，非昔日子瞻也。"苏轼称许刘安世"器之（安世字）铁石人也"。迟到的友谊就这样开始了。

旅居虔州，闲来无事，二人经常结伴出游。刘安世甚好谈禅，但不喜欢游山。当时寒食刚过，山中新笋出土，苏东坡想邀安世上山游玩，怕他不肯，带了两名童仆，来到刘安世的寓所，一进门便兴致勃勃地说，器之，天清气爽，风和日丽，不想出去逛逛吗？刘安世问，去哪里？苏东坡怕刘安世不肯，说,山中不远有玉版长老,不知你可有兴趣前往参禅?

刘安世闻言,欣然从行。到了廉泉,遍地都是鲜嫩的竹笋,苏轼建议烧笋野餐。大家一起采笋生火,不一会儿,空气中便弥漫起扑鼻的笋香。刘安世吃得津津有味,问道,此笋何名?

苏轼笑嘻嘻地回答,名玉版。此老僧善说法要,令人得禅悦之味。

刘安世这才恍然大悟,原来是被苏东坡骗了,两人相互对视一眼,随即爆发出一阵爽朗的笑声。苏东坡脱口吟道:

丛林真百丈,法嗣有横枝。
不怕石头路,来参玉版师。
聊凭柏树子,与问箨龙儿。
瓦砾犹能说,此君那不知。

苏东坡豁达,半生流放,已然练就坦然面对一切的心性,当年在杭州知州任上写"人生如逆旅,我亦是行人"时多少有些矫情,而现在的他可以放下一切,只留一颗奔放自由的心。

心似已灰之木,身如不系之舟。
问汝平生功业,黄州惠州儋州。

这首诗以一种自嘲与调侃的口吻,回顾了自己被贬至黄州、惠州、儋州等地的经历，展现了他对人生起伏的淡然和对功名的超脱。

　　三月下旬，雨季刚刚来临，赣江还是枯水时节，租的船到了，苏东坡上船继续北上。他忘不了赣江十八滩，来的时候溯江而上，每过一滩心惊肉跳，而此时顺江而下，一会儿船家说过了桃园滩，他似乎没有一点感觉。快到天柱滩的时候，苏东坡想起来时在这儿下船，在夏浒村住了一宿，还给戒珠寺题过诗，于是问船家，需要下船吗？船家说，船轻水瘦，我看得清航道，不下了。到良口已近傍晚，船家说，在此停歇一宿吧，明日一早赶路。船泊落星湾，苏东坡吟起了前朝孟浩然的诗，兴致勃勃带着家小去了良口圩。

　　第二天上午下起了毛毛小雨，苏东坡站在船舷上，不肯进舱，苏过去劝，苏东坡说，你别管我，我看看，这一路与七年前有何变化。苏过心里明白，父亲早没有七年前的惶恐，由他去吧。到了惶恐滩，船家说，官人进舱吧，要过黄公滩了。苏东坡这回听得清清的，是黄公滩。他右手捋须，哈哈大笑，走进船舱睡下了。

陆

北上

万安城景象。位于河岸上带有城墙和城门的城镇。骆驼。驴子。通往水面的阶梯。水边有一些小建筑的废墟。舢板。几条带有旗帜的船。树。云。

——摘自《荷使初访中国记》

一

利玛窦是意大利佛罗伦萨人，在中国生活了28年，死后葬在北京。

利玛窦是一名神父。万历十年（1582年）被天主教会派往中国传教，先后在澳门、肇庆、韶关、南昌、南京、北京等地传教。利玛窦不是一个寻常的神父，在他眼里，西方人的上帝跟中国人心里的天没有分别，既然如此又何必排斥中国教徒祭天、祭祖和敬孔？这种宽容的思想成就了他在中国的传教事业。利玛窦首次将儒家"四书"译成拉丁文向世界传播，并与徐光启等人合译欧几里得的《几何原本》《同文算指》《测量法义》《圜容较义》等，开启了西风东渐的先河，成为中西文化交流的使者。

利玛窦是一个博学的人，他制作的中国历史上第一幅世界地图《坤舆万国全图》，让中国人知道地球是圆的，这个观念颠覆了中国人的传统认知。

利玛窦为人真诚，深谙做人之道，他在中文著作《交友论》中写道：

吾友非他，即我之半，乃第二我也，故当视友如己焉。
友之与我，虽有二身，二身之内，其心一而已。

如此坦诚，如此可爱，自然不会被善良的中国人排斥，所以他的中国朋友很多，上至官宦，下至百姓，甚至万历皇帝对他也格外恩典。利玛窦死后，万历皇帝破例准许他葬于北京，利玛窦也成为首位葬于北京的西方传教士。

有一次，利玛窦生病，来拜访他的朋友络绎不绝。白鹿洞书院院长章潢与利玛窦交好，曾请利玛窦登白鹿洞书院讲堂，宣讲西学，以荐授顺天训导。出于好意，章潢对利玛窦说："告诉用人，对来访的客人就说不在家。"利玛窦笑说："不说假话，不能撒谎。"章潢听了，心里对这个率真的外国朋友更是钦佩。

利玛窦很接地气，从澳门进入肇庆时，开始穿中国衣，取中国名，如果不是肤色、眼睛和头发这些外貌特征与国人有异，或许没人知道他是外国人。利玛窦苦读中国经典，这个过程他在《中国札记》中并未过多描述，但可以想象这个过程的艰苦程度。到最后他居然可以默诵"四书"，难怪他可以把"四书"翻译成拉丁文。

利玛窦从澳门进入肇庆，只是进入中国的开始，北上才是他的目的。而江西自然只是这趟由南向北的旅程中的一站，意外的是，他在南昌住了下来，而且一住就是三年，这种缘分可谓不浅。

二

万历三十三年（1595年）初夏，正是洪水季节，赣江水涨，波涛翻滚，利玛窦从韶关进入赣州，此行目的地是南昌。传说他途中遇险，乘的官船在赣江惶恐滩触礁沉没，万幸的是他抓住了一块木板，被另外一条船救了。其实这只是传说，在利玛窦《中国札记》一书中并没有提及此事。但他到了南昌，在《致澳门孟三德神父》的信中写道：

赣州城赫赫有名，是江西省最好的城市之一，可与首府南昌城相媲美，但其规模却不及南昌。赣州位于北纬二十六度半，此城设有一浮桥，每天开启供来往船只通行，但须缴纳税金。如果我上岸的话，围观我的人将人山人海，于是我决定留在船中，不出外参观这个城市，以免佘爷责怪我引来众人的围观。尤其在这个都堂及其他大官的驻地，他很容易听到关于我的什么议论而改变带我同行的念头。于是，我们改乘另外一条船去南昌。过了一天，再与大官同行。再前行一里路，我们来到了一段十分危险的河段，它叫十八滩，即十八道急流。此处水流湍急，怪石密布，礁石有明有暗，十分危险，船只容易触礁。佘爷家人的几条船就遇到了这种情况，很危险。为此，他发了火，下令责打那些船上的水手每人二十皮鞭，与他同船而行的两位差役也每人挨了二十皮鞭。我们终于离开了这个危险的地方，到了一个名叫天柱滩的地方。那里水深流急，位于高山脚下。当时突然雷雨大作，见此情景，我马上高呼，落下船帆。因为江西河流中的船只桅杆高大，无龙骨，我意识到这雷雨很可能将船打翻。尽管我高声呼喊，舵手和水手却无动于衷，大风吹翻了几条未落帆的船。一条船突然翻了，我们的船和两条运载大官行李的船也遭此厄运。于是，我和巴若望，还有船上的其他人都落水了。然而幸蒙天主救助，我一浮出水面便抓住了一条船上的绳索。天主保佑我手里有这根绳子，让我跨上了此船的一根桅杆。见到我的文具箱和一块木板漂浮在水面，我便把它拖到了身边。不久，水手们又游泳回到了船上，将我拖了上去。巴若望沉入了水底，被激流卷走了，再未出现。后来，我尽力寻找也没找到他的遗体，为此我很伤心，因为他是一个好青年，品德优秀，大家都很喜欢他，然而他却死于非命。这正是我最需要他的时刻。现在我越发相信，鉴于他品德高尚，而且发了贞洁愿并严格遵守，过着圣善的生活，每八天做一次告解并领一次圣体，因此我相信他的灵魂已升入了天堂。天主保佑，石宏基和其他人没有遭到什么不测。其他船上的人也都脱险了，佘爷很难过，因为他带了很多随行人员和准备在北京送的礼物，现在很多人不能再随行了，东西也都损毁了。尽管如此，得知巴若望的死讯后，他还是派了两三个人来安慰我，并下令尽量寻找遗体，但最终却没有找到，似乎是被水中的一个巨大的漩涡吞噬了。

我们怀着非常悲痛的心情离开了此地,来到了吉安府。

这封书信收录在《利玛窦书信集》中,时间是1595年8月29日。从书信的内容看,赣江十八滩遇险确有其事,只不过不是惶恐滩,而是在赣县储潭境内的天柱滩。

天柱滩的确是个险滩,而利玛窦的船队并不熟悉滩情,没有赣江十八滩航行的经验,在大风中没有及时落下高大的桅杆,导致船被风浪打翻。巴若望死了,利玛窦自己抓住绳子终于获救。这段经历令利玛窦终生难忘。

利玛窦在南昌生活了三年,他眼中的南昌不小,而且宏伟。在《中国札记》中他这样记述:

南昌富丽堂皇,面积广大,不比广州小多少,但是比意大利的翡冷翠(今佛罗伦萨市)要大两倍,虽说商业不如广州那么发达,可街道既宽敞又整洁。

利玛窦初到南昌时,没有固定住所,先住在客栈,后来找到一个临时住处。一年后,他在给朋友的信中首次提到新买了一座房屋,"两个月前,在受过多次艰辛之后,终于在这里建立了另一座住所",时间是1596年10月12日。从利玛窦的记述中可以看到,他在南昌可能住过三个地方:棉花寺(现在称作"棉花市")、戊子牌坊和杏花村(俗称"水观音亭")。

南昌人以博大的胸怀，接纳了这位来自异国的不速之客。上自巡抚陆万垓，下到普通中医王继楼，还有王公贵族和文人，在他困难之际都曾施以援手，表现出极大的热情与支持。他充满信心地告诉朋友："假使我能在此居留，相信一年的收获，会比过去十年在广东所获得的还多。"

利玛窦在南昌完成了他的中文著作《西国记法》，这是一本介绍西方训练记忆的书，对热衷于科举考试的士人来说具有极高的价值，受到许多士人的热捧。拜访利玛窦的文人官吏，和与他探讨学问的人很多，利玛窦感觉到了南昌"较广东文化气息浓郁"，他又对远在欧洲的朋友说，由于南昌人喜好读书，上进心强，所以"仅进士一项，南昌就有八位，所属它县尚不计在内，而广东全省才仅有六位。由此可见南昌文风是如何地兴盛了"。

1598年10月，利玛窦离开南昌前往南京，江西成了他生命中的一段美好记忆。

三

17世纪中国对外交往比较封闭，当时来到中国的欧洲人极少。由于西方殖民者逐渐东侵，荷兰、葡萄牙等国对古老又神秘的中华帝国很有兴趣，当时有一些探险家来到了中国。其中有一位荷兰旅行家很有名，他的名字叫约翰·纽霍夫，他去过很多地方，最有名的是1655—1657年从广州到北京的长达

2400公里的旅行。他之所以做这次旅行，是因为荷兰人试图打破葡萄牙对中国澳门贸易的垄断地位。在1655—1685年，荷兰先后派出六次使团前往北京，希望能说服中国皇帝，允许荷兰东印度公司在中国南部海岸通商，纽霍夫有幸踏上了中国的土地。当然，他们的意图失败了，不过这次旅行却给了约翰·纽霍夫很深刻的印象，他努力描绘沿途的中国风景，包括大半个中国的自然、地理、风俗、物产、城镇、建筑等。这次访问的主要记录被编纂成《荷使初访中国记》，该书详细记录了使团在中国的见闻，书中有150多幅画，从这些画中可以看到17世纪中期一些中国城市的风貌。

约翰·纽霍夫由此成为当时在西方有关中国主题的权威作家。在他笔下万安城是这样的：

万安城景象。位于河岸上带有城墙和城门的城镇。骆驼。驴子。通往水面的阶梯。水边有一些小建筑的废墟。舢板。几条带有旗帜的船。树。云。

约翰·纽霍夫用极其简单的语言描绘了万安城图景，如一幅素描。赣江边上的万安城，有城墙和城门，码头是高高的阶梯，码头上有搬运货物的骆驼和驴子，城墙外有一些临时搭建的乱七八糟的小建筑，江上漂着舢板，岸边泊着船只，这些船打着各色旗帜（可能是商号标识），城墙边有树，天空上有云彩。

约翰·纽霍夫虽然用语极简,但让我看到了400年前的万安城,这座小城因水而兴,是一座美丽而繁华的城镇。他描写的城墙边的树,是一种南方特有的大榕树,可惜现在只剩下一棵。

四

荷兰东印度公司派遣16人的使团由约翰·纽霍夫带领,于顺治十二年(1655年)七月十九日出发,八月到达中国南海一带,并在1657年农历三月末抵达印度尼西亚的巴达维亚外港,前后大约经历了两年的时间。

根据《荷使初访中国记》,约翰·纽霍夫北上走的是大庾岭商路,我根据他的记录,在脑海中复原了他们行走这条商路以及亲历赣江十八滩的形状。

三月二十四日,我们到达小城英德,并在此停泊,上岸过夜。该城位于河左岸一道突出的河湾旁,城区呈方形,显得古朴美观,环行需一刻钟,有一道高墙环绕。郊区很大,以前看来很漂亮。港湾的入口处有一座九层宝塔,造型特别精巧。英德距清远二百二十里,我们看见河两岸风光秀丽,人烟稠密。河水经过此地非常湍急,拖船夫无能为力,无法跟上其他的船。我们撤下了几个筋疲力尽的拖船夫,换上别的拖船夫,努力向前。在日落时分，船撞上锐利的礁石，穿透了船底。船舱很快进满了江水，若非我们的上帝奇迹般地保佑，我们就难逃沉舟厄运了。

三月二十五日，我们经过著名的观音岩庙，它造在河边一堵石壁的凹处，只有坐船才能前往。

三月二十七日下午，我们来到一个漂亮的地方，在那里更换疲惫的拖船夫。夜里，此地骤起狂风暴雨，我们一艘戎克船的船桅被吹折，落在水里，使整艘船撞向岸边，几有破裂危险。这只船上载有要赠送给皇帝的礼物。幸好有上帝保佑，人们一起努力，终于成功地使那艘船能再度被驾驶。次日，我们驶过几艘残破的船骸，这些船都是在强风中搁浅或摧毁的，人货俱殁。

三月二十九日，两位使臣和全体船队都在韶州城前面停泊。该城也位于一道突出的河湾旁，在河左边距河岸不远的地方，一面傍河，一面靠山。城东河对岸，我们看见房舍非常漂亮的郊区，河中一个小洲上建有一座五层宝塔。韶州城墙高大坚固，用砖头砌成，有炮位，但城墙前没有护城壕。城里大部分房舍在战争中被夷为平地。

我们傍城墙搭起帐篷，该城长官前来亲切欢迎使臣，并带来食品赠送给我们。我们回赠一些珍品古玩给他，这些礼物不列入呈报皇帝的账单中，两位使臣就收下了。该城商业兴旺，也适应航运业发展，距英德三百里，但其辖区包括英德。天亮时，我们得到新的拖船夫以后，继续出发。途经一片山地，鞑靼人称之为五马头山区，也经过了风景奇丽的始兴县。

四月四日，我们在南雄登岸，在山脚下一块合适的地方搭起帐篷。该城距韶州三百里，城池建得很好。绕城墙一周约需一小时。城墙配有坚固的炮位和垛口。特别是沿河的城墙，尤其坚固。河面上有一座跨河高桥，夜晚就用锁链封锁起来。当地的长官非常客气地接待两位使臣，并立即安排我们翻越山岭。我们有很多行李货物，当我们把货从船上卸下时，发现需要九百人来搬运行李。次日，那位长官设宴邀请两位使臣，宴请的方式很奇特，菜肴也很可口。两位使臣依照中国习俗，用信封装起六两银子赐给家仆和唱戏助兴的戏旦们。最后一道菜上来时，两位使臣把信封交给主人，请他赏予下人，这些主人也毫不拒绝地收下了。在该城，我们看见有几家的房子在门楣上用金字刻着耶稣的名字。所有翻山的准备工作就绪后，（我们费了很大的周折）两位使臣于四月八日带着一部分要献给皇帝的礼物，在一百五十名士兵的护卫下，骑马先行出发。我们其余人则于次日晨九时，带着剩余的行李离开南雄。一路上经过一些风景秀丽奇特的地方。当我们经过某座山的一座庙时，已越过南雄地面，广东省界到此为止。

日出前二个小时，我们来到南安县境，两位使臣就住宿在河边的一座舒适的房子里。

四月九日，我们到达南安城。该城距南雄八十里。建在群山和岩石间的一块优美的土地上，赣江（应该是章江）将此城一分为二。赣江从西北偏北方向流来，到此地开始变宽。河南的城区房屋密集，商业繁盛。该城比南雄稍小，也没破坏的那么厉害。北区有一宝塔，建在山坡上，造得非常精美。

晚上，有两位鞑靼官员来到此地。皇帝专派他们送钦赐的贵重缀金丝绸衣服给两位广东藩王，奖励他们打了胜仗。这两位官员立刻来拜访两位使臣阁下，他俩认为我们是非常懂礼貌的，从世界的末端来向他们的皇帝致敬，他们感到非常愉快。他们又说，皇帝陛下对他们特有好感，盼望我们早日到达。

因为两位使臣焦急地要继续旅程，但督运官无法按自己的愿望和时间所要求的那样迅速地筹备好船只，所以该督运官被分巡道严厉地斥责。他因此羞愧气馁，愤而拔刀欲自刎。若非我们的一个仆人及时阻止，他已自杀身亡了。

当所有的行李都再次装上船后，我们于四月十三日离开此地。为了能够更快地前进，两位使臣分别搭上一艘船。

我们从广州到南雄，一路上逆水拖船，常常遇到危险，费了不少周折。现在顺流而下，仍有危险，还是需要很多人。使臣雅可布·凯塞尔阁下和要呈献给皇帝的礼物所在的那条船被漩涡推向河滩，在河滩上猛烈摇晃，破裂声不绝于耳。一会儿后，我们发现船底的中部破了两个大洞，只好把所有的货物卸到岸上，然后很快补起漏洞。

同日，我们经过南康城。该城临近赣江的岸边。江右岸有一个坚固的宝塔,稍远处还有另一座塔,也非常漂亮。河左岸的一个高丘上还建有另一座塔,三个塔形成一个三角形。在我们回程中又路过此地时,两位使臣在南门前停泊,从南门前穿过一条笔直的街道,前往当地长官的府第。这条街的尽头有一座牌坊,那里有一个集市,售卖各种食品。该城呈四方形,有高约二十四尺的城墙,有四个城门,这些城门现在大都已修砌完毕。

四月十五日,两位使臣在赣州城南面过夜。该城是中国最有名的城市之一,距南康一百五十里。城区四方,傍赣江而建。该城有四个大城门,依东、南、西、北方向命名,式样古朴。我们在西门前面停泊,从那里沿河边的石阶上岸,再经过两道拱门,才进入城内。两个拱门之间有一尊铁炮,好像是半抬炮,用来守卫这条路。这是我们出发以来看到的唯一的铁炮。

该城街道整洁,有几条街是用宽石板铺成。城东有一座九层宝塔,站在塔上可俯瞰全城。该城有几处漂亮的房舍和美丽的宝塔。其中最有名的是慈云寺。这座庙的第一进殿里有两个巨人分列两旁,塑造得非常高大逼真。一个在摆弄一条龙,他显得强健有力,冷面无情,就像海格立斯对待那些扑进摇篮里的怪物那样。另外一个巨人用一把出鞘的长剑和一副狰狞的恶相威胁着所有的观众,脚下倒踩着一个矮子;这些塑像充分说明中国人在这种艺术上的才华。第二进殿里有一神龛,神龛周围的墙壁上悬挂着异教徒奉献的许多精致物品。第三进殿里有一个非常高的镀金女神像,和尚的寮房就在这尊神像的周围,都悬挂着窗帘。

该城的城墙高大坚固,用砖头砌成,所有的炮眼都有盖子,盖子上面是凶恶的兽头,绕墙走约需两个小时。站在城墙上向北望去,可看见来自其他省的数不清的船只。这些船只都要经过此地,并在此缴纳通行税。

两位使臣前往中堂的府第拜访中堂大人,受到他很好的款待。他问了关于荷兰的很多情况,两位使臣因此觉得他与耶稣会的神父当有密切来往。他让我们的喇叭手在大厅尽兴吹奏,对我们的武器也很感兴趣。他也管辖福建省,这是我们的船前往日本时,因缺水而经常要去停泊的省份。因此,两位使臣决定送他一份礼物,但是他很客气地婉拒了。他说,政府规定,外国使臣前往皇宫晋谒皇帝之前,任何人不得接受他们的礼物。他拒绝接受礼物是为了遵守国家规定,而不是出于中国人的客套。他又说,当我们从北京返回时,他将不再把我们当外国人,而是当作本国的居民和兄弟看待了。两位使臣又派一个通事去说服他收下礼物,但他仍然拒绝接受。

天亮时分,我们从右岸航向左岸的一个大宝塔,一些可怜的人在那里祭拜,以求平安渡过赣江的暗礁。因为此处有很多暗礁,航行时很危险。

四月十八日,我们经过万安城。该城距赣州二百四十里,位于赣江右岸的一片平坦、肥沃的土地上。万安城虽然不很大,但从那几座残留下来的漂亮的建筑物和一座美丽的牌坊看来，当初的设计，建筑应是相当整齐壮观的。我们很惊讶地看到战争给这里带来的惨状。从城里到城外，一切都被破坏得乱七八糟，现在已是野草丛生，杂树茂密，连一条通道也找不出来了。

我们离开这个凄凉的城市，到达著名的乡镇彭家凹，在此地上岸。通常船长们都在这里购买新帆和其他船上用具。在该地的入口处有几座人工造成的式样古朴的假山，但是非常可惜，大部分都毁于战争了，其中最大的一座约有四十尺高，上下二层，各有四步宽，人可沿圆梯登上。这些假山都是用黏土和类似黏土的材料堆积而成，其形状自然逼真，体现的艺术性和创造性令人惊叹不已。

荷使经过的彭家凹应该是百嘉艮方，这是刘士祯的家乡。刘士祯累官至吏部尚书，晚年归养，在赣江边造了几座假山，在此垂钓游玩，吟诗作画。当天深夜，荷使船队过万安来到泰和。

柒

西迁苦旅

后周广顺元年（951年）新春，峭公大宴新朋，召集诸子面命曰：池内之鱼远逊云间之鹤，好男儿不愿恋此一方故土，而立志在四方。

——《贡江黄氏第二次联修族谱源流序》

一

在江西，围屋这种建筑一般都分布在赣江的源头，最典型的围屋建筑样式有安远的东升围以及龙南的关西围。这两处围屋都是方形围楼，东升围是中国最大的客家方形围屋，关西新围已被列为国家重点文物保护单位。这两处围屋我都去参观过，给我留下了难以磨灭的记忆。

关西新围气势恢宏，建筑面积11448平方米，分三大功能区，第一是防御区，第二是生活区，第三是后花园。围屋主人叫徐老四。他从47岁开始建关西新围，直到76岁才完工，历时29年，耗银几百万两。从围外看，关西新围近乎方形，四角有四个高大的炮楼，长近百米，墙上布了几百个梅花枪眼和外大内小的射击孔、瞭望窗，敌人来犯，远处可以从梅花枪眼上打击敌人，敌人到了墙脚下，可以从炮楼上的射击孔打击敌人，炮楼上的射击孔和正面的梅花枪眼正好形成一个射击的死角，使得敌人不敢越雷池一步。从空间布局到地下设施无所不用其极，四周墙基皆埋有10米深的梅花桩，能千年不坏，以防敌人从地下偷掘入内。瓦面上布满用剧毒药水泡过的三角铁钉，能见血封喉，以防敌人爬上屋面进入围屋。围门顶上设有注水孔，围内设有消防池和消防缸，永避火患。围内设有粮仓，足够吃两年，以防围内断粮。

关西围屋防御设施可谓登峰造极。在这些设施的背后，我仿佛能够窥探到客家人的防御文化。而正是这样的防守文化，养成了客家人谦虚、谨慎、吃苦、耐劳的品质。

从东门进入围屋，一道深巷把防御区和生活区隔开，跨过一道门便步入了生活区，眼前豁然开朗。一组宏大的建筑群以祠堂为中轴线向纵深处展开，住所、集会的场所、花园戏台，甚至小孩玩耍的坪，无不齐全。站在围屋中，我能感受到客家人营造家园的细致，以及对飞黄腾达的无限期许。

祠堂坐南朝北，门口立有威武精美的石狮，雄狮左脚握官印，甚是威严，雌狮左脚抓元宝，仰头向上，面含微笑，身上附着两只小狮子。如此造型恰好暗合主人心意。据说当年徐老四在苏杭结识了两位张姓女子，生意低迷时，这两位女子变卖细软资助徐老四，徐老四发达后有情有义，娶回两位女子，与她们相伴终身。在西门外，徐老四另辟3600平方米，建有苏杭格调的小花园，供两位小妾娱乐。

祠堂的门簪石雕"四不像"，左边的雕刻是象头羊身，寓意"太平有象"，右边是猴头马身，喻"马上封侯"。徐老四不缺钱，缺的是出将入相的文才。他的两个孙子徐赠和徐峰没有辜负他，多年后分别高中文武举人，也算是光耀门楣。门楣上高悬着的"赏戴蓝翎"匾额，据说是光绪皇帝所赐。过去关西一带流寇土匪出没，光绪赐匾，实际上是交给这兄弟俩先斩后奏的特权，可见当时徐氏在地方上的势力之大。

进入祠堂后依次为下厅、前厅、中厅、上厅，与厅并列的三组建筑称为下栋、中栋、上栋。前后三进，五组并列，十四口天井对称分置于十八座豪华大宅。与大宅相配套的还有内外花园、戏园、土库、偏房等建筑，其间以廊、墙、甬连接，整个平面结构严谨，序列分明，空间、院落组织丰富。这种家祠合一的建筑样式，带着浓郁的客家风情，也可以看到熟悉的江西天井式建筑的元素。

这座客家祠堂让我新奇的东西太多。中厅两边摆放着两条10米长的马古凳，据说是修建围屋时木工师傅的工作台，围屋修好后变成了长寿凳，春节吃团圆饭，是辈分高、年长者的座席。中堂一块整体屏风，是一扇六面开合的大门，只有七品以上的官来了，才可以打开这道中堂门。传说徐老四死后有十八副棺材出殡，东门出了九副，西门出了九副，虚虚实实，给围屋增添了神秘色彩。

与大厅相连接的边屋，犹如左臂右膀拱卫着大厅，靠墙建的偏房、土库、走马楼等建筑无一不朝向中心建筑。这种向两旁横向发展的建筑脊梁、边屋将朝向面对祖宗牌位祭所位置的设计，正是客家人崇宗敬祖、公利为大、向心聚居的表现。

东升围是中国规模最大的方形围屋，坐东朝西，围子和附属设施及外大门总共占地面积10391.6平方米，其中围子长94.4米，宽73米，占地面积6891.2平方米。门坪长62.7米，宽31米，占地面积1943.7平方米。

围屋四角均建一高出围屋一层的炮楼,炮楼高13米。围屋高9.3米,墙体厚1.3米,为四层楼房,一、二层用河石砌成,桐油石灰灌缝,坚硬如铁。三、四层含炮楼,第五层外壁外镶火砖,内为砌土砖,俗称"金包银",一、二层的窗子为长50厘米、宽15厘米的青岗石窗,三、四层为镶圆形菱花口砖雕花窗。三楼间间相通,俗称"走马楼",便于守卫人员来往活动、观察外界动静,外壁除正面外三面不出檐,以火砖封檐,俗称"风火檐",利于防火。围外连接墙体,设深1米、宽3米的护围沟。整座围屋就是防盗、防火、防水为一体的易守难攻的"土围子"。

围屋设正面围门7扇,为长2.7米、宽0.4米、厚0.17米青岗条石门框,木门页外壁钉铁板,以粗大的铁环拴住顶门杠。正中大门门额上镶嵌砖雕"东升围"三楷字,左右两侧大门门额分别镶嵌"敦行""承家"两楷书砖雕。正中大门直通三幢大厅,门楼倒板绘人物画五幅,门内坪有水井两口。大厅正门门额书"清辉朗润"四楷字,两侧照壁圆门和两旁客厅左右门额上分别镶嵌阴刻"树基""敦本""礼耕""义种"的楷书砖雕。三幢大厅均为抬梁式和穿插式相结合的屋架,每根大梁下的梁托和雀替均有镂雕精细的龙凤、花鸟、花卉等图案,外表抹金,古色古香。两侧厢房窗子上镶木雕花板,中厅茶堂屏风上镶镂雕人物故事花板,其中有"三顾茅庐""八仙过海"等历史故事。

大厅内两个天井瓦檐和厅门外瓦檐以及照壁瓦檐，镶嵌折技菊花纹、如意纹、卷草纹圆形或梯形瓦当和蝙蝠形、牛舌形滴水板瓦。两个天井底及四周均用整块的长条青岗石铺设。三幢大厅内高悬贴金木匾七块，"文革"期间遭毁，现幸存"金母长生"匾一块。上幢大厅神龛放置一翘头、牛腿浮雕花板木香几桌，天井边两侧保壁柱下有八棱形紫红石柱础，柱础浮雕"鹿""象"均以团花相间。围内中间为二层楼房的矮围，是以三幢大厅为中轴线，环绕中轴建成对称式的三个果合心院，都以暗巷相通，为厨房及闲杂活动地。俗称"九井十八厅"由七扇大门进入，七条街道由鹅卵石铺设在围内环绕相通，深入其中，四通八达。

门坪北边，建外大门，为四柱三间三楼牌坊式门楼，以花岗长条石砌筑。门额上横书"光景常新"四楷字，门柱上挂一卷竹式对联，上联为"光照清淑景"，下联为"常浇物华新"。门楼倒板上绘彩色人物画五幅，梁托为镂雕龙凤图案，大门外两侧竖长条形石功名柱一对，柱头上雕有左狮、右象。

与关西新围相比，东升围明显简朴，不过其"金包银"墙体是关西新围所没有的。这座庞大的建筑同样具备了客家围屋防御和生活的功能，没有漂亮的后花园和门坪晒谷场。不像关西新围的主人徐老四是个木林巨商，东升围的主人陈朗庭早年是一个农民，后来继承了岳父李东升的盐行生意，最终成为一方豪门。东升围始建于1842年，落成于1849年，历时八年建成。陈朗庭懂得感恩，围屋建成后用了岳父的名字为围屋冠名，同时他也没有放弃事农这个根本。

二

作为一种特色民居建筑，客家围屋是客家文化中的重要组成部分，集家、祠、堡于一体，是中国五大特色民居建筑之一。客家围屋通常由外围围合部分和内部核心部分组成，其构成要素包括祠堂、堂间、横屋、炮楼、天街、天井、化胎、禾坪、月池等。

赣江十八滩流域也是客家地区，过了赣江十八滩就是土著人居住的地方。在这一地区保留了一座规模很大的客家围屋，它的名字叫增文堂，2006年列为省级文物保护单位。赣江十八滩流域唯此一座围屋，因而备受专家、学者关注。从外形看，它是安远东升围的微缩版，从建筑时间推算，它处在中国历史上第五次西迁中，专家认为，它是西迁的见证，也是留在赣江十八滩流域的西迁标本，对研究中国人口西迁史具有很高价值。

增文堂遵循客家围屋的基本特征，又融合了当地客家民居的建筑样式，集家居、祠堂、水井、晒场、粮仓等部件于一体。围屋平面呈方形，占地面积3696平方米，建筑布局分七纵一横，围长66米，围宽56米，共有房间246间。围内房屋构造均为两层硬山顶建筑，用材简单，包括生土、土坯、青砖、卵石、木材等，工艺古拙。围外铺有鹅卵石钱纹地面，门前有口月牙形水塘。正面设有五扇门，正门是青砖平砌的门楼，门框是红米雕花条石，从门楼进入围屋有一小院，为两井三进式布局，院内正中是家祠，左边置四排厢房，开三扇巷门，右边置两排厢房，开一扇巷门，左右两侧厢房各有一个小天井。围屋后横置的一排房屋与左右厢房连接，将整座围屋封闭，一扇后门与外界沟通。

增文堂是黄氏族人纪念先祖的家祠，堂号取自祖父黄若曾和父亲黄文名中各一字，或许是心怀增子增孙的期望，故将"曾"改为同音的"增"，取名"增文堂"。该堂是围屋内建筑工艺水平最高、装饰最精美的地方，设在围屋内的核心位置，堂中央悬挂清乾隆十六年皇帝敕封的御匾，朱红色底金黄色字，该匾凸显了围屋数百年荣耀和不凡历史。

增文堂建筑外形保留了赣江源围屋堡垒式结构，给人以安全感，但没有赣江源围屋的森严与封闭。增文堂有六扇门与外界沟通，反映出围屋主人入乡随俗，又保持着警惕的防范意识。围屋布局合理，构筑精巧，外围宏伟大气，内围紧凑适用，采光通风极好，冬暖夏凉，创造了土地节约集约、人与自然和谐相处的人居范式。

围屋形成于客家人的迁徙时期，肇始于唐宋，兴盛于明清，既汇集了客家的古朴遗风，又彰显了赣江上游地域的文化特色。围屋的建筑形式产生于南迁之人在颠沛流离中形成的防御心理和当地丘陵地貌的自然条件。在两晋至唐宋时期，因战乱原因，黄河流域的中原汉人被迫南迁，历经五次南下大迁移，先后定居于南方的广东、福建、江西、香港新界等地。因为离开中原故土，所以这些南下迁移的汉人一直自称为"客"，寓有客居他乡之意。当地官员为这些移民登记户籍时，也立为"客籍"，称为"客户""客家"，此为客家人称谓的由来。为防御外敌及野兽侵扰，多数客家人聚族而居，采用中原汉族建筑工艺中最先进的抬梁式与穿斗式相结合的技艺，根据当地丘陵地带或斜坡地段的特点建造围屋，为防止盗贼的骚扰和当地人的排挤，建造了堡垒式住宅。形式有三种：一是砖瓦结构；二是特殊土坯结构，在土中掺石灰，用糯米饭、鸡蛋清做黏稠剂，以竹片、木条做筋骨，夯筑起墙厚1米、高15米以上的土楼；三是花岗岩条石结构。普通的围屋占地8亩、10亩，大围屋的面积在30亩以上。主体结构多为"一进三厅两厢一围"，屋内建有多间卧室、厨房、大小厅堂及水井、猪圈、鸡窝、厕所、仓库等，上百户本族人同住在一个空间当中，形成一个自给自足、自得其乐的社会小群体。

增文堂处在良口滩下游益富村的一个山坡上，三面环山，东面有良口江流过，台地周围环境清幽，在结庐时期黄氏族人开垦出数百亩良田，打造了一个好生活的地方。我去过增文堂多次，根据文物部门的各种数据，我查阅了围屋主人的迁徙路线和繁衍历史，以及建筑的每一处精彩细节和人文往昔。岁月侵蚀，增文堂愈显衰败和凋敝。面对着这座有着二百多年历史、已沉寂的建筑，我的内心充满虔诚的敬意。我知道，保护它就是留下一段不朽的迁徙史，激活它就是再现一部家族的繁衍史。

我围绕围屋始建的年代以及人文历史展开了一系列的村史访问。两次村史访问，受访人主要有六人：

黄国政，1936年生，农民；

黄行健，1955年生，农民；

黄洋发，1954年生，农民；

黄蔚松，74岁，退休老师；

黄国琳，71岁，退休工人；

黄蔚银，65岁，退休工人。

随着调查的深入，一个家族的历史渐渐清晰和完整。

一是增文堂。受访者证实，增文堂家祠过去有顶棚雕花，在"文化大革命"期间"破四旧"中被拆了、烧了。受访者证实，二百多年来，黄氏子孙都居住在增文堂里面，直至20世纪80年代初才陆续搬离。

二是御匾。受访者证实，乾隆赐匾一直高悬在家祠正厅，2012年被盗。

三是祖坟。受访者证实，祖坟在宝山乡黄塘村掌中坪。

四是繁衍。增文堂黄氏沿袭辈号：日、朝、辉、祖、德、山、河、蔚、国、居、行、善、忠、美。兴旺时有500人,围屋中住了300人,围外住了200人。现在黄氏族人大约有170人,对于人口的变动,受访人说法不一。

五是人文。黄日恒,举人出身,做过教谕。小时候看到过黄氏书馆,在"文化大革命""破四旧"中被毁了。这座消失了的建筑让我产生许多想象,黄氏应有读书的传统,这个家族应当出过不少读书人。受访者说,过去增文堂前摆放了许多旗杆石,后来都拿去当洗衣板、过桥石了。他们带我一一察看,由于看不到旗杆石上的文字,很难从这些石头上得到更多信息。

三

增文堂肇始于康熙乙亥年(1695年),这一结论来自族谱的记载。但是增文堂毕竟是一座体量很大的建筑,它的建成经历了怎样的过程,仍需要考证。黄氏族谱载,增文堂黄氏后裔黄日恒记述:"五世两迁,家门零落,先人之绪将坠矣。余祖父披荆斩棘,开垦入籍,始居于水背,勤劳敦厚,创业乘家,至乙亥复架数椽于瑞溪。岁丁未余父溘然逝矣。至丁巳年,余偕弟日慎又重创屋宇及买门前田土,而屋之基址乃备然贫穷不能恢扩。"这份写于清乾隆十五年(1750年)的自述,大致表述了增文堂建设的过程:第一阶段是黄若曾父子的"结庐"时代,第二阶段是黄日恒、黄日慎兄弟的"创建"时代。然而,这两个阶段又是怎样完成的？结庐时期首建规模有多大？当时有多少人居住？创建阶段的规模又有多大？黄日恒记述皆不详。

黄氏由广东河源阳背迁至水坑定居。水坑的增文堂是在黄日恒手上建成的，用了近一百年时间。

围屋现场考察，我发现围屋右侧一间纵房屋与围屋内其他纵房屋存在明显差异，尤其是建筑用料。三百多年过去，建筑的基座已经裸露出卵石，少有青砖，这一特点说明增文堂在"结庐"时代的简朴。同时，这一间纵房屋与其他纵向和横向的房屋相比，还明显表现出"脱节"的特征，这应该就是乙亥年黄若曾父子"复架数椽于瑞溪"的产物。如果说仅此一纵房屋属于"结庐"时代的建筑，那么增文堂围屋并不是形成于康熙乙亥年，它的形成应该是黄日恒兄弟在继承祖业的基础上，创造性地采用围屋形式建设的结果。

那么黄日恒兄弟为什么采用围屋的建筑形式？关于这一点，有必要说说万安这个区域的客家人。万安地处赣江中游，赣江十八险滩始于万安，自古"船过十八滩，十船经过九船翻"。所以南下的大船经过十八滩时都要换成小船航行，于是万安自然就成了北人南迁的栖息地和中转站。万安客家人的房屋多为干打垒的建筑。黄氏远祖久居江夏（武汉），近祖以赣南为中心，辗转于闽粤赣边，而围屋在闽粤赣又相当普遍，采用围屋的形制或许与黄氏先前的居住地有关，同时或许也包含了黄氏兄弟对于家族繁衍的期待和向往。

尽管增文堂围屋工程简朴,但毕竟体量很大,需要较多的经费才能完成。黄氏自若曾公以来的42年里励精图治,已经积聚了一定的财力,到了1737年,黄日恒已经求得功名,具备了重创新屋的条件。

还有一个问题:增文堂后期是否还有增建?据黄氏后人讲,黄氏发展到晚清已有500人的规模,围屋住不下,所以在围屋之外还有其他建筑。按照黄氏后人的指引,我看到围外保留下来的一些建筑,这些建筑与当地客家民居无异,从建筑形制上看应是清末至民国时期的产物。据说,围外还有黄氏的书馆,可惜的是,书馆在"文化大革命"时期被当作"四旧"拆毁。

增文堂是西迁的产物。前几次迁徙中,人们不断地深入闽粤腹地,当这些地方人满为患,土地不足以养活他们的时候,人们又开始西迁,这次发生在清中叶甚至更早一些的西迁行动,应该是民间的自觉行动,不少人走到适合居住的地方便停下来。很多人会继续西迁,经过赣江十八滩转道遂川江,前往湘黔。留在遂川桃花源的客家人曾经定居在山下,后来发生了与土著之争,这些人只好搬上山居住。

《中国人口史》第五卷《吉安府》记载的人口数据可以看出人口西迁时期本地人口压力渐增。

在乾隆四十七年(1782年)吉安府属10县中,有8县的户均口数围绕5波动。吉水县的户均口数最低，仅为2.5口，次则万安县，户均3口。按照与上文同样的方法，知洪武二十四年，吉水县人口占全府人口的18%，而万安县仅占3.4%。在1953年，吉水县仅占全府人口的11.4%，万安县则占6.5%。这一变化趋势是，平原地区人口的比重降低，而山区人口比重增加。当将吉水县人口按照户均5口的规模进行调整以后，其人口数为26万，占调整后全府人口的约10%。此一数值与1953年的相近。正因为如此，在嘉庆及以后的数据中，吉水县的户均口数恢复到了正常。如果对万安县人口也进行同样的调整，其人口比例占调整后全府人口的11%左右。此数据明显太高。如果认为万安县的错误在于"户"数过高。口数无误，口数占调整后口数的7%，此与1953年万安人口在全府总人口中的比例吻合。据此可以认为，乾隆四十七年吉安府的民户人口约为266万。道光元年（1821年），万安县口数只有10万，比1802年的20.5万减少了几乎一半，而真实的口数应当超过20.5万，若以23万口计，则是年全府民户人口应为300.7万，从乾隆四十七年至道光元年，吉安府人口年平均增长率为3.2‰。加上屯户人口后，道光元年吉安府人口总数为310.4万，回溯到乾隆四十一年，则有人口268.4万。

增文堂到20世纪80年代基本完成了它的使命，围屋里的黄氏子孙陆续搬出，如今也只有个别老人在围屋中居住。让我惊讶的是，这个繁衍了200多年的家族至今也就170多人；分两大房、四小房。自开基以来就再没有过大量迁徙的历史，说明这个家族繁衍慢。

黄氏族谱载其后裔黄日恒写于清乾隆十五年的自述："谨按始祖宗信公，字质甫，号介轩，虔南宁都人也。二世遂居龙川洋贝义城，传至瑜公，肇基本里石头湖，生子五，余祖公行四，迁本邑泗都家焉，生子栋，栋公生子二：永政永敬。政公生子一：若曾。敬公生子三：若苔若燕若足。苔乏嗣。燕公生子一：秀龙；足公生子一：应龙。秀龙公生子二：日选日舜；应龙公生子二：日沄日池。若曾公生子：余父文公，自康熙三年（1664年）岁次甲辰携余父徙居江右万安甘溪，而永敬公之子若孙亦先后来居于此。"根据这个记述，增文堂黄氏万安开基应是康熙三年，31年后转辗至水坑增文堂开基。而更为明显的是，黄氏入万安不是举族迁徙，而是举家而迁。

关于增文堂黄氏的境况，黄日恒也有回忆："余性愚惛，读书又不能豁达，前辛卯年（1711年）搏一衿（秀才）。丙申年（1716年）归家谒祖，并收绪公所遗膏油租，乃始识先人坟墓，坵墟榛芜，因捐膏油之租少许，嘱族人清明祭扫聊妥先灵。不意甲辰年（1724年）被族恶卖与蔡氏造坟矣，奔控县主赵。乙巳冬（1725年）乃迁，延延绵绵至丁巳（1737年）予出贡后，膏油之租罢收而祭扫之需亦乏，于是早作夜思，购赣邑龙形一席，乙丑（1745年）冬始迁（历）公妣郑栋公妣谢曾公妣钟及若燕公皆葬于龙形左圹,其右圹则予之寿藏也。若夫永敬公夫妇在泗都迁来此,有二小亦附于龙形左圹。予永政公先年既迁良口与予父合葬矣。若曾公元配刘氏为余父生母,前后三觅葬处,不见而今已矣,继赖氏一女适。代远年湮,不无遗忘,因笔之,以俟后人考究。"按照黄日恒的自述,黄氏在结庐时期生活极其艰难,而且在当地也不是大族,因而饱受欺凌,这样的景况直至黄日恒考上贡生后才有了改观。从这个意义上讲,当年黄氏兄弟重建增文堂也许就是出于这个原因,而其之所以采用围屋的建筑形式,正是出于紧密团结族人、共同抵御外辱的需要。

从黄氏族谱中看到,黄日恒在增文堂黄氏繁衍中是一个举足轻重的人物,他不仅开创了增文堂的新纪元,而且把祖先的坟茔迁往一处,让这个饱受欺凌的家族从此有了精神依归。

捌 西北望长安

绍兴三十二年,京令弃疾奉表归宋,高宗劳师建康,召见,嘉纳之,授承务郎、天平节度掌书记,并以节使印告召京。会张安国、邵进已杀京降金,弃疾还至海州,与众谋曰:"我缘主帅来归朝,不期事变,何以复命?"乃约统制王世隆及忠义人马全福等径趋金营,安国方与金将酣饮,即众中缚之以归,金将追之不及。献俘行在,斩安国于市。仍授前官,改差江阴金判。弃疾时年二十三。

——摘自《宋史·列传第一百六十》

一

皂口是赣江十八滩著名的文化符号，无疑这是辛弃疾的《菩萨蛮·书江西造口壁》带来的。

皂口是一个什么样的地方呢？它的上游是一条溪，过了沙坪勉强像一条河，流入赣江也没有声响，它永远是那么寂然。如果不是当年隆祐太后慌不择路地拐进这条河，谁会注意它呢？皂口河处在小蓼滩之上、武索滩之下，溯江而上，皂口河位于右岸，山下有一块很大的台地，历史上是皂口驿的所在地。在赣江十八滩流域，皂口驿是有文献记载的唯一驿站，走水路上达赣州，下至万安；走陆路有一条古驿道，通过皂迳到分水坳进入赣州。一路上山不算太高，路不算难走，过去我在这一带乡镇工作，经常走这条路。皂口驿规模很大，来往歇脚的人很多，许多文人官宦在皂口留诗。杨万里留诗最多，其中一首《宿皂口驿》：

倦投破驿歇征骖，喜见山光正蔚蓝。
不奈东风无检束，乱吹花片点春衫。

另一首《晓过皂口岭》：

夜渡惊滩有底忙，晓攀绝磴更禁当。

周遭碧嶂无人迹,围入青天小册方。
半世功名一鸡肋,平生道路九羊肠。
何时上到梅花岭,北望螺峰半点苍。

辛弃疾前脚走,杨万里后脚跟过来。这两首诗写的像是一宿一早发生的事。宋淳熙七年(1180年)初春,杨万里赴任提举广东常平茶盐。茶盐官级别不高,却是一个肥缺,衙署设在广州。正月,杨万里携家眷从吉水出发赴广东,文献这样记载他的行程:宿皂口驿,过皂迳,经过分水坳,往沙地方向到达赣州。似乎走的是陆路。九月继母去世,他又回吉水奔丧。同一条路,同一年里杨万里走过两回。

一千年前的皂口回不去了,但我可以在杨万里的诗中看到一些大概。杨万里时代的皂口或许就是一个荒芜的野渡。赣江航运在北宋风帆满江,带来了巨大的经济实惠,到了南宋何以萧条至此?其实,杨万里过皂口前后写过至少八首诗,读这些诗,我有些糊涂。杨万里到底是肩舆还是乘船?或是水陆并进?无论如何,诗人的乡愁是满满的。在吉虔的分水岭小憩,杨万里写了《憩分水岭望乡二首》:

岭头泉眼一涓流,南入虔州北吉州。
只隔中间些子地,水声滴作两乡愁。

岭北泉流分外忙，一声一滴断人肠。

浪愁出却庐陵界，未入梅山总故乡。

皂口，赣江上一条不起眼的支流，它流程很短，却留下长长的历史。

然而，现在都看不到了。诗词里的破驿馆以及驿馆旁的沙滩悉数淹没水底，小小的皂口河汇入浩瀚的赣江。自然形态的改变，让人们淡忘了皂口。但是本地人都忘不了皂口。长桥人罗华能开了一条小船把我送到河口，对我介绍说，蓄水前，皂口可是个热闹的地方，在过去皂口驿的地盘上，有圩场、公社粮站、食品站、副食品店、供销社、手工业社，江边还有林场的木竹转运站。皂口河对面是匡坊大队，这个村三面靠山，一面临水，似一个筐，因此叫"匡坊"。那时候这里住着几千人，现在全部迁走了，留下一片青山绿水。罗华能说话时带着笑容，可眼神却是迷茫的，皂口留下了太多人的奔波过往和精神记忆，罗华能似乎还留恋着什么。

皂口人在万安水电站蓄水前都迁走了，留在两岸的佩溪、下马石几个村庄都是后建的，过去的村庄都淹没在水底了。佩溪过去是个很大的村庄，佩溪刘氏是这条河上的望族，当年隆祐太后逃亡的船队里就有一个佩溪人，他叫刘琰，是个太医。佩溪人很聪明，搞起了旅游，在皂口河上搭起了船屋，成为赣州人休闲垂钓的后花园。湖湾之内水天一色，山色葱茏，像是水中的岛屿。2020年6月,我有幸陪同武汉大学的两位教授寻找辛词中的"造口"。我们从万安水电站大坝下乘坐游艇前往皂口,一路上青山做伴。一个小时的路程,我们谈论的和寻找的都是皂口壁。皂口有壁吗?然而船入皂口河,举目四望,皂口无壁。绵延的山峦也是无语,教授们很是失望。

古老的皂口河丢了,丢在遥远的山河和尘封的史籍中。好在经常有人捡拾,才让这条原本很小的河流充满想象。有一点是无可争议的:无论时间如何流转,历史的阴差阳错已经把皂口塑造成了一条充满辛酸、装满踌躇、布满惊险的河流。

清代乾隆元年(1736年)状元金德瑛在《皂口怀古》诗中叙说:

惶恐滩头波浪急,金师追后行将及。
太后福薄天犹怜,虎口幸离啜其泣。
父兄幽质五国城,臣构视之无重轻。
区区老妪房何用,未必争母如齐顷。
截江猛将气如虎,兀术惊跳庙中鼓。
从兹天堑保东南,航海奇谟君莫取。
湖山锦绣宫殿开,问安迎使稠叠来。
手诏立帝德未报,愿祝慈寿倾金罍。
朝廷贬去李伯纪,前此忧辱无责矣。
志士悲吟吊鹧鸪,泪滴郁孤台下水。

多少人事过往俱在状元诗中。金德瑛正直谨慎、才华横溢，累官至左都御史，生平崇拜江西诗派领袖黄庭坚，这似乎与他在江西督学、做江西乡试主考有关。金德瑛喜欢游历，赣江十八滩他是游历过的，不然这首《皂口怀古》何以写得如此翔实而情感充沛？

在古人的诗中，皂口驿"活"到了清初。明朝郭谏臣有《午过皂口驿》：

肩舆度危岭，雨歇众峰青。
灵籁云中散，清泉石上听。
白沙迷钓渚，红叶映邮亭。
遥想幽栖者，时方午梦醒。

清代施闰章有《皂口》：

将入双江路，云迷皂口西。
昨宵愁不寐，恰有鹧鸪啼。

鹧鸪是一种有灵性的动物。读罢诗，我不禁想起明代的丘濬在《禽言》一诗中的叹息——"行不得也哥哥"，行路多艰难！我在皂口一带工作多年，早出晚归是常有的事，不知为什么从未听过鹧鸪的啼鸣，或许鹧鸪的叫声已融入早晚的山风。

二

辛弃疾到底是什么人?或许他首先是一位勇敢的将军,然后才是才情很高的词人,甚至还是一位嫉恶如仇的义士。不然,他的词为何有那么多亡国恨和报国无门的愤懑?1205年,65岁的辛弃疾写下了《永遇乐·京口北固亭怀古》,表达自己还可上阵杀敌的雄心壮志。

千古江山,英雄无觅孙仲谋处。舞榭歌台,风流总被雨打风吹去。斜阳草树,寻常巷陌,人道寄奴曾住。想当年,金戈铁马,气吞万里如虎。

元嘉草草,封狼居胥,赢得仓皇北顾。四十三年,望中犹记,烽火扬州路。可堪回首,佛狸祠下,一片神鸦社鼓。凭谁问,廉颇老矣,尚能饭否?

辛弃疾是山东人,却阴差阳错跟江西结缘,最后死在江西,也葬在江西。铅山瓜山名为"瓢泉",是辛弃疾的寓所,800多年过去了,不见"瓢泉",瓜山下立着一块名为"瓢泉"的碑石,雕刻着词人隽美的词句。我站在这块普普通通的碑石前,辨认着碑石上的词句,心里想着,一个写词的人竟是如此勇猛之人,最后只能郁郁地把一腔报国豪情揉进词里。

那一年是南宋绍兴三十一年(1161年),耿京的抗金义军像山一样地抵挡住金兵南下，辛弃疾也加入了抗金大军。次年，辛弃疾南下与南宋朝廷联络，回来时惊闻耿京被叛徒张安国杀害，震怒之下，率五十轻骑闯入数万敌营，生擒了张安国。这不是传说，却是传奇。《宋史》载：辛弃疾"乃约统制王世隆及忠义人马全福等径趋金营，安国方与金将酣饮，即众中缚之以归，金将追之不及"。这一段记述似乎太过轻描淡写，对"众中缚之以归"未做丝毫渲染，但是已然让人感到辛弃疾的胆气和豪迈。这一年辛弃疾23岁。他把张安国的脑袋献给了南宋朝廷，然而他却被委任到远离战场的地方。他郁闷，他大声疾呼，《九议》《应问》《美芹十论》挥斥方遒，呼吁北伐，而偏安一隅的南宋朝廷依旧冷落了他。

到了1175年，似乎有了转机。1174—1176年，即南宋淳熙年间，因为南宋茶叶专卖制度不得人心，茶农不按照衙门的规定缴纳茶税，遭到官府打击。湖北茶商赖文政组织茶农茶商400多人在湖北开始闹事，武力对抗官府衙门，后来响应的茶商与茶农队伍逐渐扩大，闹事的地域越来越广，发展到武装对抗朝廷的地步，被官府上报到朝廷之后，朝廷将其定性为反叛朝廷的"茶商军"。

茶叶、食盐是南宋的主要税收来源，实行茶叶和食盐专卖制度无疑可以增加税收。官府收购茶农的茶叶价格很低，不少茶农都把好茶卖给茶商，差的茶叶交给官府。加之官府收取的茶引钱太多，茶商们不得不结伙卖茶甚至武装走私茶叶。为安全计，茶贩们常常是一人担茶叶，两人持刀斧护卫，形成"横刀揭斧，叫呼踊跃"的武装护卫状态。赖文政这支茶商军是由茶农、茶商和茶贩组成的武装贩运茶叶的起义队伍。茶商军起义波及江西、湖南等地，1172—1173年，江西的茶商军就攻打过九江和兴国。1174年，湖北茶商军几千人进入湖南潭州。1175年四月，爆发了赖文政领导的湖北茶贩和茶农的起义，这些茶商茶农都是生活在湖北、湖南、江西等地的山民，民风剽悍，令官府畏惧。

赖文政率领的茶商军从湖北开始，转战于湖南、江西山区，最后驻扎在吉州永新县禾山村，慢慢地向东南方向的广东山区过渡渗透。南宋朝廷派出鄂州3000人的正规军在湖北、湖南镇压茶商军。这是一支由岳飞率领的部队改编而成的军队，也是南宋最精锐和最有纪律的军队之一，但是没想到竟然败于茶商军之手，让茶商军从湖北、湖南逃到了江西境内。江西官府按照朝廷的命令，立即派老将军、江南西路兵马副总管贾和仲前去讨伐茶商军。贾和仲曾与金人在战场上厮杀过，立下不少战功，本以为老将出马一个顶俩，没想到阴沟里翻了船，贾和仲因此被朝廷罢官。庞大的官军正规部队败于茶商军小小蟊贼之手。前前后后，官府陆续集结江西、湖北多路禁军、弓手、保甲民兵一万多人组成官方讨伐军，不断地讨伐赖文政领导的茶商军，可是却屡屡失败，江南西路提点刑狱连续换了三个，多名军官受伤或者逃跑，还是没能打败赖文政，茶商军有日益坐大的趋势。1175年农历六月，束手无策的宋孝宗赵昚，经过宰相叶衡推荐，同意起用辛弃疾，任命他为江南西路提点刑狱，驻节赣州，专门负责镇压茶商军。

平的是茶寇，不是抗金，可也是打仗啊！为国家把"内疾"除了，朝廷总该把自己派上大用场吧？这是辛弃疾的执念，也是辛弃疾效命的动力，甚至还是他挥毫泼墨书写诗词的源泉。

阳春三月，辛弃疾踌躇满志赴赣州履新。提刑衙府在赣州，知府陈大人对这位狠人充满信心，对他很是配合，辛弃疾很是感动。平寇毕竟不是打仗，用不着冲锋陷阵，但他用的招着实狠，对内强军，强到什么程度谁也不知道，但他统率的队伍特别能打，所到之处哀鸿遍野。对外擒首和招抚，不到三个月就把赖文政在江州诱杀，茶寇之祸于是慢慢消停。到了年底，辛弃疾想着，这回朝廷应该把自己派往抗金战场了吧？可朝廷不仅没这么干，还把协助他围剿茶商军的赣州太守陈季陵免了，调离赣州去九江担任司马。司马是个什么官啊？宋代的司马为虚职，并无职事。辛弃疾想不到，更想不通，既为好友抱不平，又对现实无可奈何，郁闷中提笔写了一首词——《满江红·赣州席上呈陈季陵太守》，为陈大人送行。

落日苍茫，风才定、片帆无力。还记得、眉来眼去，水光山色。倦客不知身近远，佳人已卜归消息。便归来、只是赋行云，襄王客。

些个事,如何得。知有恨,休重忆。但楚天特地,暮云凝碧。过眼不如人意事,十常八九今头白。笑江州、司马太多情,青衫湿。

也许是失望至极吧,淳熙七年再知隆兴府(今江西南昌)兼江西安抚使时,辛弃疾便做了移居上饶的准备。次年春,开工兴建带湖庄园,他对家人说:"人生在勤,当以力田为先。"并为带湖庄园取名"稼轩",并以此自号"稼轩居士"。此番再遭冷落似乎正好,因为他已经意识到自己"刚拙自信,年来不为众人所容",所以早已做好了归隐的准备。再被罢官时,带湖庄园正好落成,辛弃疾回到上饶,开始了他中年以后的闲居生活。这一年他写下了《水调歌头·盟鸥》:

带湖吾甚爱,千丈翠奁开。先生杖履无事,一日走千回。凡我同盟鸥鸟,今日既盟之后,来往莫相猜。白鹤在何处?尝试与偕来。

破青萍,排翠藻,立苍苔。窥鱼笑汝痴计,不解举吾杯。废沼荒丘畴昔,明月清风此夜,人世几欢哀?东岸绿荫少,杨柳更须栽。

淳熙十五年(1188年)冬,好友陈亮从浙江专程来拜访辛弃疾,两人于铅山长歌互答。酒酣耳热之际,辛弃疾满怀豪情地写下了一个军人的梦想——《破阵子·为陈同甫赋壮词以寄之》：

醉里挑灯看剑，梦回吹角连营。八百里分麾下炙，五十弦翻塞外声。沙场秋点兵。

马作的卢飞快，弓如霹雳弦惊。了却君王天下事，赢得生前身后名。可怜白发生！

一个真正军人的宿命至此结束。此后，带湖庄园莫名其妙地被火烧了，辛弃疾不得不搬到瓜山，两年后死在了瓜山。

或许他在弥留之际还能记得赣州，那座让他满怀希冀充满幻想的城市。"郁孤台下清江水，中间多少行人泪"，那泪其实也有他自己的。

郁孤台建在贺兰山上。清同治《赣县志》记载："郁孤台在文笔山，一名贺兰山，其山隆阜，郁然孤峙，故名。"赣州人把辛弃疾的雕像安放在贺兰山上，让贺兰山从此有了灵魂。

我曾多次去郁孤台凭吊辛弃疾，在他高大伟岸的铜像前驻足。站在楼阁之上，可以看到东来的贡水和北上的章水在台下汇合，两水汇成赣江，在宋代古城墙下，舒展胸怀滔滔北上。

三

1175年农历十月，辛弃疾剿灭了赖文政的茶商军，似乎有些踌躇满志，他在等待，等待朝廷对他的奖赏。其实，他不需要奖赏，只需要朝廷把他派到抗金的战场上。"沙场秋点兵，马作的卢飞快"，这是他毕生的心愿，他甚至相信自己正是为灭金而生的。然而，好消息没等到，不幸却悄然而至。十一月，曾经协助他剿灭茶商军的赣州太守陈季陵，被意外调离赣州，去九江担任司马。辛弃疾的心刺痛了，朝廷中都是一帮什么人啊，都眼瞎了吗？他为老朋友鸣不平，可除了服从又能怎样？冬日的夜晚凉意很浓，可辛弃疾却浑身燥热，他铺开宣纸为陈季陵写了一首情真意切的送行词。他吟诵着，似乎老朋友就在面前，自己的眼泪禁不住流下来。

辛弃疾念着陈季陵的好。他虽然官位不比自己低，却处处谦让着自己，哪怕是心里不痛快也不会表露，为了剿灭茶商军，陈太守尽了力受了委屈。朝廷不表彰也就算了，为什么反倒降级了呢？公理何在？辛弃疾堵得难受，他料想自己的结局也好不了多少。

一叶孤舟停在江边。辛弃疾远远地看到陈季陵，他转过身似乎在等待什么，辛弃疾加快了脚步朝码头奔去。见了陈季陵本来有好多的话要说，这会儿却不知说什么好。递过去昨晚写的送别词，对陈季陵说，太守暂且莫看。然后向陈季陵抱拳鞠躬，转身就走。上了码头见陈季陵还站在岸边，挥挥手示意他上路。

这是辛弃疾最痛的一次送别。为朋友为自己为江山社稷。

辛弃疾没什么可忙的了,他经常登临郁孤台,看赣江北去,望落日余晖,听鹧鸪啼血。而他料想的那一天终不会太久。

淳熙三年(1176年)春,辛弃疾卸任江西提点刑狱,调任京西转运判官。前后算起来他到赣州虽说有两个年头,但实际上一年还不到,内心的失落和伤感可想而知。郁闷中,辛弃疾再次登临郁孤台,写下《菩萨蛮·书江西造口壁》:

郁孤台下清江水,中间多少行人泪?西北望长安,可怜无数山。

青山遮不住,毕竟东流去。江晚正愁余,山深闻鹧鸪。

他在为自己诉说,而诉说的对象自然是朝廷,一片爱国的赤子之心你们怎么就看不到呢?青山是遮不住的,只是你们不愿意看到而已。这便是我的悲哀啊。

为什么要用"书江西造口壁"这样的标题呢?因为皂口记录了几十年前的一段旧事。那时,隆祐太后被金兵追击,迫不得已逃到了皂口河,然后弃舟乘肩舆翻山越岭到了赣州。这段国耻难道人们就忘了吗?

罗大经《鹤林玉露》卷一《辛幼安词》曰:

其题江西造口词云……盖南渡之初,虏人追隆祐太后,御舟,至造口,不及而还。幼安自此起兴。

卷三《幸不幸》曰：

吉州吉水县江滨有石材庙。隆祐太后避虏，御舟泊庙下。一夕，梦神告曰："速行，虏至矣！"太后惊寤，即命发舟指章贡。虏果蹑其后，追至造口，不及而还。事定，特封庙神刚应侯。

造口也作皂口。宋代徐梦莘《三朝北盟会编》卷一三五《炎兴下帙三十五·起建炎三年十一月二十三日丁卯尽十二月二十五日己亥》曰：

隆祐皇太后自吉州进幸虔州。隆祐皇太后离吉州，至生米市，有人见金人已到市中者，乃解维夜行。质明，至太和县。又进至万安县。兵卫不满百人。……金人追至太和县。太后乃自万安县至皂口，舍舟而陆。遂幸虔州。

嘉靖《赣州府志》卷二《山川·赣县水》曰：

皂，县北二百里，东流出皂口，会赣水。旧志云：金虏尝至此而退。

那一次陪同武大教授，我告诉他们，辛词写作的现场并非皂口,而是郁孤台。我的理由有三:其一,全词只有标题出现造口;其二,开头一句就是郁孤台,如果写于皂口,不符合创作的逻辑;其三,皂口多山,不属于岩石结构,并无绝壁。当时两位教授似乎认可了我的解释。一年后,两位教授给我寄来了他们的合著《重返宋词现场》,他们认为,词应是在皂口写的,书写在驿馆的墙上。尽管他们说了很多理由,但我仍然不能认同。

通常意义上,书壁即在墙壁上书写文字或题写诗词。大凡此类"书……壁","壁"字都指某处所的墙壁。类似的书写,还有"题壁"。甚至,辛弃疾本人还有另外一首词《念奴娇·书东流村壁》。因此教授们认定辛弃疾所谓"书江西造口壁",定然是题写在江西造口驿的墙壁上的。

我何尝不知古人书写的范例?我之所以执意认为辛弃疾这首词是写在郁孤台上的,是因为这更符合作者的写作动机和当时的情绪。当辛弃疾接到朝廷任命之后,他与太守陈季陵的心情是一样的,一叶扁舟滔滔而下直达万安,没必要也没心情在皂口停留甚至涂鸦。我也相信词人的政治抱负和爱国情怀高远而深沉,皂口之耻实为国耻,自己虽没有机会为蒙难的国家昭雪,但是必须把自己的宏愿昭告世人。这就是词人"书江西造口壁"的内心隐秘。

玖 死节

百折不回横一剑,岂畏刀枪重煅炼。

——方以智

能知足者,天不能贫。
能无求者,天不能贱。
能外形骸者,天不能病。
能不贪生者,天不能死。
能随遇而安者,天不能困。
能造就人才者,天不能孤。
能以身任天下后世者,天不能绝。

——魏禧

一

康熙十年（1671年）十月初七，天刚断黑，秋月高悬，惶恐滩水色迷蒙，水流湍急，押送方以智的官船继续前行，船舱里，方以智与士卒谈笑风生。在南昌监狱他已被关押半年，背部毒疮已发数月，疼痛难忍，士兵甚感奇怪，他怎么还有心谈天论地？一会儿他说舱里闷，想出去透会儿气，士兵见他神情清爽，答应了他的请求。方以智走出船舱，四下望去，黑黢黢一片，他吸了一口气，"扑通"一声跳入水中。尸体捞上船，方以智已经死亡。

这个事件史称"粤难"。也有人说方以智是毒疮发作而死，死亡的地点同样是惶恐滩，但从方以智死前"谈笑"的表现看，我宁愿相信方以智是投江殉节。

赤心苦节，明如日月。

早在康熙七年（1668年）三月，方以智辞去净居寺法席，退身泰和首山濯楼。两广抗清的"粤案"在泰和发生后，首山诸友、弟子劝方以智深藏避祸。方以智笑说，吾赊死，幸过六十，更有何事不了？对于方以智的坦然，友人和弟子无可奈何，因为大家都晓得方以智的性格。清廷派出的士兵抓走了方以智，并押往南昌。从老家安徽赶过来的儿子中通、中履，以及门生故旧各方营救未果。中通向官府表示愿以身代父受刑，没有得到官府同意，只好眼睁睁地看着父亲被关进南昌监狱。

方以智出生于士大夫家庭，五世祖方法出自方孝孺门下，明成祖夺侄子建文帝皇位时，方孝孺因拒绝为其草拟登基诏书，被成祖诛灭十族，举国震慑。方法时任明朝四川都指挥使司断事，他不肯在进呈成祖的贺表上署名，因此遭到逮捕。舟行至望江境内的江上之时，方法朝着故乡桐城的方向纵身投江，为建文帝殉难。族中先祖的事迹烙印在方以智心中。成年后，血疏救父的经历，使方以智目睹了朝臣公卿的冷漠，而父亲的免罪释放让他对崇祯皇帝感恩戴德。他在同僚载酒慰问其父方孔炤出狱的宴会上，曾赋诗一首，表达了他当时的心境：

连年守铁门，激楚九回吞。
痛饮故人酒，方知天子恩。
荷戈犹内地，负耜向荒村。
且展羲皇韵，长歌洗血痕。

他要用"羲皇韵"为崇祯唱赞歌，以感激皇恩浩荡。家世、耳闻与亲历，让方以智自觉地把自己的命运与大明江山紧紧地联系在一起，他决心要为大明王朝竭忠尽义。

方以智前33年生活在大明，此时的明王朝危机四伏、政治动荡。方以智被授予翰林院检讨，做了一个以修史为任的五品官。崇祯十五年（1642年）后，方以智先后担任定王、永王的讲官。然而面对越燃越烈的内外战火，他已经不可能安心平静地坐在书桌前了，意欲投笔从戎、马革裹尸、报效国家。崇祯十七年（1644年）正月，方以智向崇祯皇帝上奏《请缨书》，要求辞去讲官，披甲上阵、驱驰沙场。然而，方以智的经世情怀还没来得及获皇帝批准，明王朝便覆灭了。

崇祯十七年三月十九日，宣武门破，崇祯皇帝吊死于煤山，朝廷公卿大臣们作鸟兽散，而方以智只身跑到东华门，为崇祯皇帝哭灵，准备殉身以报先帝之恩，结果被农民军俘获。方以智忠心明廷，矢志不渝，坚决不愿屈从农民军建立的大顺政权，便被押送狱中，备受拷掠，"驱被锋锷，榜拷惨毒，刺股攻心……"以至于两个髁骨骨头都露了出来，但他视死如归，可谓忠烈之至。大明王朝覆灭后，方以智颠沛流离，追随南明政权，坚守其心系明廷的遗民气节。他在农民军的监狱中被囚了20天后，终于得到一个机会，从败墙中逃了出来。然后告别妻子，化装成乞丐南奔，千里迢迢赶赴南京投靠南明弘光政权。方以智作《纪难》诗，描述了这段颠沛流离的逃难生涯：

出城榛莽中，即是绿林地。
何况数千里，豺虎杂魑魅。
黑夜徒步行，汲水下干糒。
逢人类暗哑，望尘先引避。
问道多不通，荒庙祈神示。
衣敝履穿空，遇贼多弃置。

乞食免饥饿，假寐犹惊悸。

到达南京后，他满怀热忱，上书弘光朝廷，表示自己为明效力的决心。但只想偏安的弘光朝廷，大臣昏庸无能、结党营私，吏治极端败坏。时有民谣："中书随地有，都督满街走，监纪多如羊，职方贱如狗，荫起千年尘，拔贡一呈首，扫尽江南财，填塞马家口。"民谣形象地嘲讽了这个卖官鬻爵、贿赂公行的流亡小朝廷。此时南京弘光朝阮大铖当权，他对当年《留都防乱公揭》事件一直耿耿于怀，趁此机会大肆捕杀复社文人，以泄前愤。方以智作为复社重要成员，自然难逃迫害。阮借口方以智在李自成入京后没有"殉节"，把他列入"从逆六等"中的第五等，而弘光帝听信诬告，"命逮以智"，方以智竟成了弘光朝的罪人。

方以智由陈子龙介绍，经过浙江、福建辗转到达广州避难，改名"吴石公"，以出售自采的中草药谋生度日。此后的数年间，方以智流徙于湖南、广西、贵州等地，甚至身入苗峒山林之中，可谓备尝艰辛。其间迫于生活困顿，他给人算过命、为人做过佣，聊以度日，维持生计。这时的方以智身处逆境，却未选择轻生，一方面是为了等待昭雪，洗清自己身上的不实罪行，"大丈夫赤心苦节，明如日月，而坐为仇陷，无以自伸，上不能慰白发，下不能庇黄口，便足仰天绝亢"。另一方面更是为了心中那份纯洁忠义和坚守，他曾作文表述心志，

"然而此时愈不可死。古来忠良被谤者数数也,……且使天下后世以为怀忠万苦,不获直报,英杰丧气,义士灰心,则罪更大矣"。顺治七年(1650年)十一月,清兵攻陷桂林,清兵将领马蛟麟杀害永历朝臣瞿式耜、张同敞。平乐也相继失陷,当时方以智因送好友钱澄之南返而暂未遭难,钱澄之在他的《所知录》后序中记:"盖曼公送予自昭江返,未及平乐,闻平乐已破。其家人被执,问公所在,则以予同往仙回洞严伯玉家对。随发二十余骑往仙回,而公亦适奔仙回。"当时方以智藏匿在仙回士绅严伯玉家中,因邻人举报,严伯玉遭清兵"拷掠备至",方以智不忍好友被刑,"乃剃发僧装出,以免伯玉"。方以智被押解到平乐法场,马蛟麟想胁迫他投降,恫吓说,官服在左,刀剑在右,你自己选择吧!方以智从容弃官服而就刀剑,他视死如归、宁死不屈的坚贞态度,让马蛟麟陡生敬意,于是解缚任其为僧,方以智得以免死。他在诗中表明了当时的心境:

安我俘人命,原看死是归。
不裁何点袴,直却藁城衣。
抗论容高坐,清斋当采薇。
一声狮子吼,刀锯总忘机。

为僧后,方以智用过法名弘智、无可、药地、浮庐、墨历等。顺治九年（1652年），方以智终于脱离粤西，越梅岭，下赣江，登庐山，在五老峰养病，在流泉飞瀑声中著成《东西均》《茶泉》等。不久，返回家乡浮山。顺治十二年（1655年）冬，方以智父方孔炤病逝，葬在合明山，方以智庐墓三年。在此期间，他向长子中德讲授经史，向次子中通讲授数学、天文学，向三子中履讲授医学、音韵，教侄子中发学诗文书画，后来子侄们各因其长皆有著述。庐墓期间，方以智还著有《医学会通》《药集》《五老约》。三年过后，他离家远游，溯江上庐山，隐居于五老峰，禅游于盱江，避匿于荷叶山，住持景云资圣祠和新城寿昌寺。康熙二年（1663年），赴泰和住持首山沟林禅寺。第二年，移居青原山净居寺。康熙九年（1670年），应安徽巡抚张朝珍、桐城县令胡必选、乡绅吴道新之请，住持浮山大华严寺，为浮山佛教第十六代祖师。

方以智是明末清初著名的唯物主义思想家和杰出的科学家、文学家，著书数种，除《通雅》《物理小识》《药地炮庄》已收入《四库全书》外，《通雅》一书早在清嘉庆、道光年间，就已经传到日本、朝鲜等国。

康熙十年（1671年）十月二十九日，收殓方以智遗体的棺椁停柩在万安县城东北最高处水月山荒野。

宁都"易堂"诸子获悉方以智死讯后纷纷缅怀。顺治十六年（1659年），方以智应易堂曾灿之邀，造访宁都翠微峰，与易堂诸子结下了深厚情谊。彭任在亲家李腾蛟的"半庐"展舍，与胡映日一起缅怀方以智。胡映日作《半庐坐雨同彭中叔怀木大师》：

十月连阴山接城，对门无树起松声。
夜分自识官人水，隔岁曾参五老僧。
已断此生从作客，偶披前史又论兵。
半庐促席吾兼汝，风雨萧条共一灯。

与方以智为同年进士，又曾共同抗清，并一直保持往来的广东丹霞山别传寺的澹归禅师，得知方以智惶恐滩死事讯息后，作《挽药地和尚》：

有来谁不去？青原老、摩羯令全提。是三角麒麟，波中扫迹；一枝莴苣，座上披衣。兼收得，花宫藏玉带，纶阁显金魄。先觉先知，同归极果；多材多艺，独运灵机。人间真叵测，马牛莫及处，逆顺风齐。须信闲名易谢，大病难医。笑白泽图边，何劳听棘，黄茅瘴里，更懒牵犁。未解月轮东转，错道沉西。

长子方中德在广东的桐城乡邑获知方以智死讯后，千里迢迢赶来吊唁。次子方中通先期到达水月山，他感念乡情，作

《马幼予、盛幼莲、王其人粤回过苦次,慰吊》:

滩头忽过故人舟,顷刻扬帆下吉州。
多少伤心无一语,只怜君慰我淹留。
旅亲相依白浪间,故园遥指隔千山。
惟将一滴西江泪,洒向东流共尔还。

中通、中履留守万安水月山,等候官府允许扶柩回里的公文。中通作《同三弟水月山苦次成服》:

制就麻衣日,原非家里期。
弟兄同哭莫,生死合艰危。
久已穿芒履,今才服斩衰。
难中千万虑,心只候文移。

万安城周边朋友纷纷前来吊唁。年底,彭士望、王愈扩风雨兼程地乘舟先至,中通作《彭躬庵、王若先远唁苦次》:

乱余瓦砾五云城,一棕荒郊鸟不鸣。
泪接故人风雨面,天知今日死生情。
述来往事欢皆痛,代为前筹罢复惊。
慰我遗编当雪纂,他年留得壁中声。

水月山上满是披麻戴孝的人群，人们自发地向方以智的"死节"之举表达崇高敬意。

二

顺治十六年，方以智应易堂九子之一的曾灿之邀，造访翠微峰之上的易堂。

易堂，高山之巅的一处平房，因诸子在此讲《易经》而得名，诸子九人亦冠名"易堂九子"。康熙四十七年（1708年），易堂九子最后一位老人彭任仙逝，享年84岁。从1646年上山时算起，易堂九子历时一个甲子，建立了一座不朽的精神部落，并把文化标识立在了险峰之巅。

顺治三年（1646年），一群年轻士子相聚于宁都城，登临翠微峰。

位于宁都西郊的翠微峰，是金精山十二峰之一，它的周围还有莲花、合掌、仙桃、凌霄、黄竹、披发、望仙、三巘、伏虎、瑞玉、石鼓诸峰。其中，翠微峰最险，数千年的风化形成了孤峰突兀、壁立千仞的雄奇景观。

站在山下仰望山巅，有一种眩晕的感觉。南面的裂坼，是一条缝隙，从山脚蜿蜒至山巅，是上山的唯一通道。

早春时节，新柳还没有发芽，南方的湿土已经苏醒，水和土在脚力的作用下泥泞不堪，冷风裹着的身体笨拙不堪，一行人手脚并用地匍匐攀崖。

这个时节登山，显然不是游山，那么这群人去向山巅所为何故？而这又是怎样的一群人呢？

宁都号称"文乡诗国"，"诗国"之称始于南宋。其时宁都一条狭窄僻静的小巷诞生了三位有名的诗人，出产诗人的小巷也被誉为"斗诗巷"。"文乡"之誉添于明清，清初创立的易堂学馆位列"三山学派"之首，而易堂九子中的魏禧是明末清初著名散文家，与侯朝宗、汪琬合称"明末清初散文三大家"。

魏禧家族是宁都望族，祖上累世为官。高祖魏良宗赈灾，百姓长跪道谢。嘉靖皇帝下旨表彰魏氏一门，"圣旨魏门"名传千里。父亲魏兆凤，忠孝贤达，钟情功名效国，崇祯元年（1628年），魏兆凤先后被举荐为孝廉、师儒，并被巡抚呈报朝廷下诏，但是魏兆凤没有他曾祖幸运，始终没有等来圣旨，报国之志付诸东流。然而魏兆凤养育了三个儿子。长子魏际瑞，性格豪爽，乐于助人，敢于担当。次子魏禧，世称"叔子"，心直口快，待人坦诚，乐交朋友，十岁未满，便以第一名的成绩考中秀才，十几岁已经出落成意气风发雄心勃勃的少年。三子魏礼，性格刚直，好冲动，不给人面子，不善言谈。

1644年农历三月，崇祯自缢，明朝灭亡。消息传来，"圣旨魏门"素衣缟服，如丧考妣，举家哀号。魏兆凤在家中特设社稷牌，宁都才俊李腾蛟、邱维屏、曾灿、彭任相约魏家，举行国祭。魏禧挥笔写下伤怀诗：

北风漠漠，寒云千里。

瞻望昊天，涕泣不已。

满人入关，国已不国，去向何方？魏禧倡议上山，拒不与清廷合作，得到家人和朋友的响应。实际上，这种心态成为当时有气节士子们的共同选择，顾炎武、史可法、黄宗羲、方以智不约而同地选择了同样的道路。心怀着这样的信仰，在当时除了上山，几乎没有其他选择，因为清初全国各地变乱蜂起，清政府于顺治二年（1645年）颁布了"剃发令"，男子不剃发者"杀无赦"。要坚守信仰，就必须找个地方隐居下来，否则剃发破形等于在形式上接受了清廷。

翠微峰成了他们的首选。

翠微峰险，凡是登山的人必须经过裂坼上磴数十级，而后经过瓮口弯腰驼背爬出去，再攀石磴数十级，经乌谷，至罗汉凸肚，又上数百步，梯磴交错，最后方可登临峰顶。其中罗汉凸肚最为险峻，下临深渊，一脚踩空便有性命之忧。而瓮口更是名副其实，只要砌起一道闸门，一夫当关，万夫莫开。当时翠微峰是土匪窝，很少有人靠近，在这个地方隐居坚守再好不过。

翠微峰奇，峰顶平阔，灌木丛生，杂树参天，令人称奇的是，山上竟然水源丰沛，住二三百人不会有问题。

1645年冬天，魏禧从土匪手中以高价接管翠微峰。山上过去有少许房屋可供人居住,魏禧领着朋友们上山做了简单收拾。到1646年春天,魏禧先将各位朋友的家眷安顿上山居住,其他需要的居所请工匠加紧修造。这个时候,上山的这帮士子们,最大的李腾蛟37岁,最小的魏礼才18岁,而挑头的魏禧也不过22岁。这一帮才华横溢、义薄云天的人集聚在一起,在明王朝灭亡之时,共同谱写悲苦卓越的人生。

在翠微峰,方以智受到了易堂九子的热情款待,并在此盘桓数月,与九子反复切磋研讨,最后发出"易堂真气,天下罕二"的感叹。

坦白讲,我过去并不清楚"易堂九子"这个名号,或许易堂九子的文化选择不被人们重视,而在很长的历史时空被尘封。2017年初夏,我去宁都寻访中国历史文化名村东龙村,在李氏宗祠前,看到一块石碑上镌刻着"易堂九子李腾蛟"时,甚为疑惑。我问东龙村理事会理事长,"易堂九子"何许人也?他向我娓娓道来,我恍然大悟,才知晓原来三百多年前宁都地界集结了一批这样的文化精英。

易堂九子除了魏氏三兄弟,还有六位士人。魏家女婿邱维屏喜欢松下读书,人称"松下先生"。此人性格沉静,有时几天不开口说话,但讨论问题时一反常态,争论不休,是一个特别较真的人。魏家邻居曾灿是魏禧最好的朋友。魏曾两家是世交。曾父是进士,担任兵部给事中。杨廷麟奉南明皇帝旨意守赣州时,曾氏父子募兵一万驰援赣州,杨廷麟战死,杨夫人在家自缢,留下一个三岁幼儿不知去向,有了多年后魏禧与彭士望赣州葬尸寻孤的动人故事。兵败后,曾父回到宁都,不久后辞世。魏禧同门师兄李腾蛟,年长魏禧15岁,是易堂九子中的老大,他温文儒雅,淳厚善良,不亢不卑,精通《易经》,有长者风范。魏禧同庚好友彭任,是宁都本地富绅。魏彭两家也是世交,彭任好学敬师,对先生毕恭毕敬,有时受到先生的质询,甚至肃立至天明,其求学态度常常令老师动容。

还有两位南昌人,其中一位是彭士望,出生在南昌名士彭晢之家,同样是少年才子,8岁作对"万户共迎新日月,千门不改旧山河",人称"神童"。11岁作诗"纵积金英为非子,纵无酸气不识贫",气节可嘉。巧的是,他如曾灿一样与杨廷麟关系不一般。李自成攻入北京后,彭士望与被贬到南昌的杨廷麟,决心效法文天祥起兵勤王。另一位林时益,本姓朱,名议霶,与八大山人一样,是明朝皇室益王的后裔,随父迁居南昌,是彭士望的亲戚。明亡后改姓林,自小胆气过人,5岁与大人对弈面不改色。1645年,清军即将攻入南昌,彭士望与林时益先将家眷迁入临川,再辗转至宁都与魏禧相识,最后选择上山隐居。

宁都地处赣州东大门,《江西通史》记述宁都为客家人进入赣州的通道。既是通道,就有汇聚和交融以及传播的影响力。事实上当我第一次行走在宁都这一地方时,就感受到了一种直指心灵的文化震撼力。

1658年秋天的一场诗会在翠微峰上演。

曾灿依然还是战士，如同当年随父奔赴战场，诗人的情怀与战士的情怀迸发：

千峰惊独立，天堑屹然开。
鸟迹藤萝古，猿枝石径回。
长空浮日月，虚气冷楼台。
试问山灵者，安知夫子来。

彭士望目光仍在峰中：

出岭才一步，巍然千仞峰。
老黄连草屋，嫩绿发花丛。
云气荒村外，书声古树中。
入门欢稚子，霭霭尽春风。

李腾蛟视线远去，此情执着：

项羽弑义帝，衡山固首戎。
神仙自忠孝，岂为悦己容。
虞歌尽垓下，戚舞归厕中。
此女独不嫁，魂魄为雌雄。

至今祠金精，直与黄石同。

彭任从李腾蛟的大视线中回归易堂：

三岘环山裹，林居面向清。
窗虚入竹色，夜静出泉声。
雨湿寒烟重，风飘霜叶轻。
老来无一事，独立有余情。

魏禧充满希望的诗句也不乏自嘲：

金精峰外白云低，石径苔痕印鹿蹄。
丝袅晴空风断续，竹敲清夜雨离迷。
瓠瓜吾已同刍狗，土室人今似木鸡。
草鞯何曾来热客，木香花下有新题。

魏际瑞终于出场了。这位易堂的后勤部长，为了易堂士子们平安，不惜破形走进衙门当差，可他的心却从未离开过翠微：

我居翠微，观彼流泉。
流泉若何？其下有渊。
其下有渊，其中有天。

天渊如期,何以忘年?

李腾蛟感动了,他接过来:

茅屋数椽,维山之巅。
白云结牖,液下流泉。
日月升沉,满影摩肩。

魏际瑞的翠微之情还没完,他还要倾诉:

我有翠微,有竹芊芊。
我则庐之,我则游焉。
我有朋友,亦来其间。
可以忘饥,可以忘年。

李腾蛟醉了,醉了的李腾蛟摇头晃脑,闭目再吟:

兹屋兹山,金精之间。
群山角出,我处独闲。
白露晨流,明星夜然。

山上虽然苦,却充满了诗意,而让人景仰的是诗中洋溢的独立情操。

进士出身的方以智,明亡之时组织义军抗清,战败被俘,宁死不降。此后出家,法号"弘智"。他到翠微,与易堂诸子相处两个多月,感慨"易堂真气,天下罕二"。何为信仰啊?信仰是一种人生态度,一种生存方式的选择,忠诚于自己的选择,永志不忘,终生不悔。

这样的信仰感天动地,这样的信仰惊世骇俗,这样的信仰弥足珍贵。

三

康熙十七年(1678年)秋,地方官员不断催促魏禧参加博学鸿词科应试,魏禧坚辞不应。面对这样一个死节之人,地方官员没办法,说,巡抚催得紧,你不去我等如何交差啊?魏禧说,不去就不去,至于怎么交代与我何干?地方官员没有办法,跟魏禧商量,你先去吧,过了赣江十八滩,你就装病,到了南昌让巡抚大人看到你病入膏肓的样子,这差事便交了。碍于情面,魏禧终于答应了。

春夏之交,魏禧让几个仆人抬着一副担架,从梅江登船,进入赣江十八滩。一路上走走停停,几天后过惶恐滩到了万安百嘉镇,听说百嘉酒好,干脆住了下来。

百嘉是赣江边的一个老码头,这个地方有一条古街,还有一个古村,商业氛围很浓。万安有一句顺口溜,"窑头豆腐百嘉酒,宝山的枣子家家有"。魏禧跟随从说,那就住下来先品尝百嘉酒吧。在百嘉,魏禧写了《卖酒者传》:

万安县有卖酒者,以善酿致富,平生不欺人。或遣童婢沽,必问:"汝能饮酒否?"量酌之,曰:"毋盗瓶中酒,受主翁笞也。"或倾跌破瓶缶,辄家取瓶更注酒,使持以归,由是远近称长者。

魏禧在百嘉还看了一场精彩的龙舟赛。

水稻过了花期,颖壳闭合灌浆,等待谷粒成熟时,偷得几日空闲。赣江水满,溪旁艾草葳蕤,万物自然生长,龙舟赛事紧锣密鼓即将登场。同治《万安县志》卷一《方舆志·风俗》记载,龙舟竞渡,惟百嘉韶口为然。赣江以东百嘉,自古商贾云集,百号商埠不仅得一佳名,而且把"走上走下忘不了百嘉"的佳话传颂了千年。江边圩场屡遭洪患,冲毁亦非一次两次,留下一里长街乃清末民初重建。赣江以西韶口,亦是不凡,皇帝南巡,在此韶乐笙箫,得名"韶口",寓意美好。这个埠口土地肥沃,物产丰饶,却一直地广人稀。原来血吸虫夺人性命,因此神道风行,下村供奉康老爷,彭门供奉二郎神,上源供奉杨相公。端午时节,通常是韶口东渡与百嘉商议龙舟赛事,两边执事一拍即合,拉开了这场赛事的帷幕。

农历五月初一早晨，庙里宴巫请神，这是一件很隆重的事。祭司把事先准备好的公鸡抓起来，束脚，鸡头扭在翅膀之间，左手握在鸡翅膀下，这只壮硕的公鸡顿时动弹不得。祭司右手提刀，抹了鸡脖，鸡血滴在案上放置的五个碗中。这五个碗自然是带着特殊的意味，即东南西北中，五方得利。鸡血慢慢流尽，祭司用草纸把鸡脖上的血仔细擦拭干净，然后把鸡扔进兵马桶，慰劳冥中的天兵天将。韶口龙闭口，祭司把鸡血细致涂抹在龙头龙尾龙身上，像是为这条下水的龙饯行。百嘉龙开口，祭司把五个碗中的鸡血慢慢灌入龙口，领声祷告："百嘉劲龙前来拜形状，请拨神兵和健将，战一江胜一江，胜利在我方，保佑男女得平安。"下面的划手们附和，声振庙宇。事毕，划手们抬起龙舟放入江中，然后下水敬神，行三处，每到一处放一挂鞭炮，祈求水神保佑。

赛事即将开始，韶口执红，百嘉执白。旗手跃然出场，手执三色彩旗，在岸上，不上舟。江水流动，比赛没有固定起点，旗手相当于裁判，用三色旗打着旗语，舵手沉着出场，坐在龙尾，看着旗语，把持龙舟左右前后移动。及至到达合适的位置，双方旗手同时蹲下，算是等待正式比赛。岸上的铳手出场，朝天就是一铳，这叫"送铳"，有点像比赛场上发出的号令，龙舟便箭一般地飞出去。鼓手铿锵出场，这是一个催人奋进的狠角色，站在龙头，手中的鼓槌就是指挥棒，快慢是一种技巧，打出的节奏即是速度，而轻重则是一种性情，带出的是气势。打鼓是一件很卖力气的活儿，鼓槌举过头，肌肉牵扯撕裂，打一天手酸，到第二天手痛手麻，疼痛难忍。锣手是配角，配合鼓手行动，按照当地风俗，只打鼓不敲锣是送老人上山，当地人很忌讳，所以鼓和锣要同时敲打，节奏一般是"呼咚呼呼咚呼"，鼓跟锣同响，五里之外都能听到。划手一般是年轻力壮的年轻人，划手处在龙身，每艘龙舟有22名选手，其中划手20名。龙过半江，铳手朝天又放一铳，这一铳叫"冲刺铳"，鼓手下手更重，划手用力更猛，龙舟似箭在水上飞。到了岸边，铳手再补一铳，这一铳叫"迎铳"。旗手打着旗语，宣布红军或白军胜，胜的一方好不得意，龙舟在岸边游荡，鼓手擂响得胜鼓，"呼咚呼""呼咚咚呼咚呼"，得意和欢喜全在鼓声中。

岸上的看客不单是当地乡民，还有不少外乡人，龙舟年年划，过程都一样，赶的是热闹。端午大致是夏至节气，气温已是不低，好在江风和煦，不然这江岸直晒太阳的滋味会很难受。有时或许还是雨天，龙舟自然风雨无阻，但看客在岸上多有不适。饶是这样，看客依然不少。赛事从五月初一开始，到端午节上午结束，比出输赢，每日看客排成几里长龙，不少人一场不落，似是期待奇迹。过去待在闺中的女子不能与郎君见面，趁着这赛事正好出来和郎君约会，互相交换香包。香包内有艾叶、大米、茶叶、大蒜、铜钱等几样，蒜是独头蒜。十里不同俗，何况隔河千里。韶口的香包与百嘉的香包稍有不同,百嘉的香包少了艾叶,多了柏树籽,不过这两样东西都是驱邪的,功效一样。年轻男女互换的香包,精细全在香包的绣功上,女子灵巧,必是自己刺绣,男子自然欢心。端午吃"五子"的风俗倒是一样,所谓五子,即包子、粽子、蒜子、豆子、蛋子,用意还是祈福求安。比赛结束,送神收龙是最后一套程序。先前行至三处,龙舟每到一处便绕庙宇一圈,燃放鞭炮,最后将龙舟重新安放在庙宇,龙头安放于神台供乡民祭拜。

乡民议论输赢,从龙形开始。韶口与百嘉的龙舟形状大体相同,所不同的是韶口龙闭口,而百嘉龙开口,这样的形态应该是世代相传的,雕刻师在雕刻双方龙头时,充分尊重了这一习俗。或许是因为祖先没有交代,韶口坚持说自己的龙舟是公龙,而百嘉则强调自己的龙开口,头大壮硕,更具有男性特征,韶口龙闭口,头小秀气,更符合女性特征。本来这也没什么,输赢也是自然的事,但民间不知从什么时候传下来这样的说法:母龙输瘟人,公龙输瘟猪。关于公龙与母龙的争论,也便成了韶口与百嘉的一桩公案。

时序秋天,天气凉爽。离开百嘉时,魏禧经过一番乔装,穿着厚厚的棉衣,盖着厚厚的被褥,告诉随从可以上路了。随从抬着他上了船,因为是顺流,第二天就到了巡抚衙门,随从抬着魏禧将其放在衙门大堂。巡抚一看,魏禧像是奄奄一息,话也说不出来，便叫随从赶紧抬走。魏禧躲过了博学鸿词科应试，完成了心愿。上了船掀去被褥，脱去棉袄，哈哈大笑。

我从文献上看到这个故事的时候，心里曾有过许多想法，在中国历史上少数民族统治不是一次两次，在少数民族统治过程中不乏汉人参政，方以智、魏禧等一众人为什么死守节操呢？对于这种节操在文天祥那里更是表现得淋漓尽致，他们是民族英雄，我们没有理由指责他们，相反我仍然抱着由衷的敬意。

魏禧重新回到翠微峰，他希望此后再无人打扰他的平静。翠微峰经过多年的经营已经成了一个村庄。虽然现在已经看不到过去的模样，但是我似乎可以想象当年山上的景况。藤萝缠绕，鲜花四季盛开，鸡犬相闻，果蔬飘香，俨然桃花源中。

根据宁都作家邱国坤先生的描述，翠微峰原有五间平房，中间一间是公堂，也是诸子讲易的学堂，两边的平房安排给魏家老大和老三，侧面两间分给彭士望与林时益，他们两家人多，上山后又在旁边搭建了三间小房间。邱维屏挨着正屋后面垒了一间土屋，名为"慢庑堂"。曾灿和李腾蛟住在易堂对面的石壁下，那里建了一排平房，总共八九间，小屋紧贴石壁，十分逼仄，光线昏暗。

魏禧的住处建在易堂后面的坡上，至1648年落成。这是翠微峰上最为讲究的一处建筑，三间一过的楼房，上有栏杆步廊，屋旁花木丛生，屋靠山崖，崖间有一泓清泉溢出，流入池中，池中种植白莲，命名"勺庭"。对于这处居所，魏禧十分喜欢，他说："安不可幸，而乐不可常也？"

易堂前有一口小水塘，易堂人在水上种上荷，到了夏天，蛙鼓如雷，荷叶青青。彭士望诗云："云中莲叶秋池艳，天半桃花春井香。"天上的莲叶开在秋天的池塘是如此艳丽，后一句怎么又回到了春天？恐怕这水塘边还种着桃，桃花飘落，香了岸边的水井。

魏禧喜桃，尤其爱竹，他在翠微峰勺庭周围种了许多竹子，经常在竹荫下散步。诗云："修竹万竿，清溪一曲。曳杖容与，适我幽独。"在另一首《春日即事》中，魏禧写道：

棕鞋藤杖笋皮冠，落日春风生暮寒。
竹外桃花花外柳，一池新水浸阑干。

高洁的情操滋养高尚的气节，日月光华铸就村庄的灵魂。

翠微峰有泉便可活人，但出产有限，与外界沟通不便，山上的生活清苦，人们粗茶淡饭，衣服缀满补丁。南昌来的两位士子荷锄耕种，自力更生，尽量让家人生活过得好一点。林时益垦荒种茶制茶，诗云："茅屋鸡声叫东日，镫光犹向锅头炒。"彭士望种水稻，描述道：

去年学稼草湖中，牛力初烦季从工。
一病支床淹岁月，四郊闻乱走村农。

事农只是为了生计，士子内心的追求是他们不变的坚守。易堂九子坚守的是一种有尊严、有气节的生活，为了这种生活他们可以放弃很多，包括田产、舒适的生活环境。其实易堂中的每个人都有机会过更好的生活。康熙做了皇帝后，下旨归还明王室田产，林时益可以选择回家，过原来的贵族生活，可是他没有离开翠微峰。魏禧拒绝博学鸿词科者，易堂九子中还有邱维屏和彭士望。

从内心拒绝清朝，并非愚忠，一群书生只读书不入仕，讲的是义，是品格。

早在1647年，魏禧料定南明气数将尽，便决定与科举取士的道路决裂。魏禧不停地写作，似乎南明可给他一线希望。他连续写下了《限田策》《奄宦策》《制科策》，这"变法三策"是魏禧救国的代表作，意外的是，这种风格的写作，促成了魏禧向散文大家的重要转折，开一代清新文风。彭任读书练字，研习医术。曾灿游历天下，足迹遍及岭南和江浙，而魏礼则多次游历吴越广交朋友。后来的魏禧不惜剃发破形，下山广交天下志士。上山为的是坚守信仰，下山为的是服务社会，无一不是修身养性。

易堂九子个个博学，又有高洁的志向，教书育人当是他们的不二选择。上山之时，他们在翠微峰开馆讲易，九个人同时执教于此，后来学生多，山上容不下，魏禧便下山在龙溪边的水庄办学授徒，李腾蛟则留在山上继续招徒讲易，而邱维屏迁至翠微峰边上的三巘峰开馆，这三家书院称为"易堂三馆"。

当月亮升起，海拔数百米的翠微峰顶，一场灵魂的对决悄然开始。

魏禧总结魏礼的缺点，三个字——疏、褊、傲，并严肃地指出如不正视并加以改正，将来必定影响成长和发展。彭士望则对魏禧说，你喜欢对别人提意见，但却拒绝别人的意见，拒谏饰非是很坏的毛病，你要知过就改。

彭士望在《翠微峰易堂记》中描述如下："方初聚时，俱少年朗锐，轻视世务，或抗论古今，规过失，往复达曙，少亦至夜分。不服，辄动色庭诉，声震厉，僮仆睡惊起，顷即欢然笑语，胸中无毫发芥蒂。"真的是"上殿相争如虎，下殿又不失和气"，是修养和才智的较量，其胸怀和情怀昭然于天下：任天下于一身，托一身于天下。

这样的高度天下景仰。当年范公谪贬河南，赋文"先天下之忧而忧，后天下之乐而乐"响彻湘江之尾，数百年后范公激荡心扉的绝唱又被易堂九子唱响在赣江之源。以天下为己任，这是中国儒学不死的情怀，也是中国儒学近乎宗教般的告慰。

我常常想，赣州这样一个客家人聚居的区域，何以产生易堂九子这样的士子文人？或许是传统的力量。南宋末年文天祥勤王始于赣州。明末，彭士望、曾灿力挺杨廷麟，挽南明于既倒；魏禧赣州寻孤，为的是杨廷麟一脉不绝。文化源流，其来有自。

拾

南赣的星空

无善无恶心之体，
有善有恶意之动，
知善知恶是良知，
为善去恶是格物。

——王门四句教

一

谁也没有想到身负南赣剿匪之责的王阳明,竟然在惶恐滩拉开了退匪的序幕。

明弘治年间,赣州、韶州、郴州、汀州等地匪患不断,朝廷用了20多年平匪患,到正德十一年(1516年)时,南赣匪患尚未除尽,王阳明受命出任南赣巡抚。南赣巡抚是明弘治十年(1497年)始设的官名,全称为"巡抚南赣汀韶等处地方提督军务",巡抚衙门设在赣州,管辖江西赣州、广东韶州、湖南郴州、福建汀州等地,清康熙三年(1664年)废。

明正德十二年(1517年)正月,赣江正值枯水时节,惶恐滩巨石犬牙交错地横陈在水面之上。王阳明乘船前往赣州。船过万安县城,他远远看到惶恐滩上站满了人,手里似是持有械器,像是拦路抢劫的贼人。上下商船停在惶恐滩两头,都不敢往前。王阳明问过船家,才知道这些人是凭险抢劫的。王阳明一阵惊骇,太可恶了!他招呼船家向商船靠过去,商船见了官船,便摇橹起篙向官船靠过来。

王阳明问,这种情况常有吗?

商家说,不常有。不知哪里突然冒出来这么多贼人。

王阳明说,大家莫慌,派几个人上岸联络对面的商家。大家齐心,赶跑这些贼人。

待联络上游商船的人回来,王阳明一声令下,将商船连接在一起，摆开阵势，挥舞旗帜、擂起战鼓，做出要冲上去大打一场的样子。贼人们非常害怕，丢了武器跪在石头上，高呼：我们都是遭受饥荒的灾民，乞求官府赈济。

王阳明派人上滩，对他们说，你们知道官船坐着何人？

饥民说，不知道。

来人说，官船上坐着的是新任南赣巡抚王守仁。

阳明先生在庐陵名声大，饥民听说阳明先生到了，纷纷上岸，向他求饶。

王阳明说，到赣州以后，就会派官员来抚慰安排你们。你们必须老老实实过日子，不要为非作歹，免得自取灭亡。

贼人散伙回家了，王阳明却陷入了沉思。所谓贼人，其实都是过不下去的饥民，南赣各地暴民不过是为了吃饭。

这件事记录在了《王阳明年谱》里。

二

阳明在吉安的弟子很多，最著名的有邹守益、聂豹、欧阳德、罗洪先四大弟子。龙场悟道之后，王阳明踏上了吉安的土地。他虽然是庐陵县令，但他当官秉承简约，大把的时间放在悟道和传道上。文献记载，王阳明任庐陵县令期间，公务之余常在青原山净居寺与和尚一道修禅打坐，这种修身方法在今天看来不可思议，在当时也是奇葩。

我第一次去青原山是阳明书院落成之际，随同市委党校县处班的学员前往青原山参加现场教学。那是一个阳光和煦的下午，大巴车在青原山大坪上停下，我正对着的是净居寺，转过身看到的是阳明书院。走过一段缓坡，很快就到了阳明书院前。书院门口有一块大理石做成的标牌，上面写着"东南邹鲁，西江杏坛"八个字，院门左右挂着一副楹联：

天理致良知真三不朽一脉心传登圣域；
青原开讲席藉四名徒千秋德化壮庐陵。

没进门已然感到此处与别的古书院不同。重建后的阳明书院，保持了古建筑原有的风格，维持了原有的规模，功能布局做了相应的调整，突出展示效果。进门是一个院，迎面照壁上是一幅《王阳明松林静虑图》，横幅"真三不朽"，左右对联"其功其德其言千古几人如壁立，有学有思有得四时万物自心生"，概括了王阳明的功绩和学术特点。传心堂是阳明书院的核心，这座古典的楼阁建筑最能彰显阳明心学的精神。

漫步传心堂，细心领会写在大门和宝壁两边的对联："传理入心慎思参透儒禅道，致知格物笃学洞明天地人。""道悟于心经天纬地，心传以道震古烁今。""良知二字传心远，圣域千秋遗爱深。"字字句句传递着良知的智慧。传心堂后面还有一块牌匾，题着"金声玉振"四个字，两边有对联："理明即是心传心弘道,意发而为物格物求真。"看得出,这些楹联是历朝历代对阳明心学的领悟和颂扬。

五贤祠是祭祀王阳明及其四大弟子的圣殿。大门两边写着:"善恶由心门前我抱齐贤志,后先相踵江右谁矜破贼才。"这是一幢两层的仿古建筑。一楼是五贤祠,正中内壁是王阳明像,堂中牌匾题写"道契前贤",左壁为邹守益和聂豹像,右壁为欧阳德和罗洪先像。中间柱子上有两副楹联:"求放心以致良知境境无非圣境,敷化雨而滋茂育贤贤即是名贤。""孔孟堪齐硕学鸿儒千古誉,内墙大启春风化雨五贤堂。"二楼是魁星阁,专门供奉魁星爷,头顶匾额上题写"文光射斗",后方中间两边柱子写着:"笔下经纶文光凌斗宿,心中家国儒德耀乾坤。"再到一楼,环顾四周,肃立在这个不大的屋子里,抚今追昔,似乎有一股力量拽着我,走向心灵的高地。

从五贤祠出来,拐一个弯,出小门,穿过小巷,有一幢宏大的砖木建筑,这里大概就是当时阳明书院的讲会。现在变成了阳明书院博物馆。王阳明本人以及王学门人的生平事迹都有详细介绍。细细品读,心里头感受最深的是这句话:"静处是修身的良药,浮躁是堕落的深渊。"数百年来,阳明书院始终充满参悟人性、通达心灵的光辉。

这一次去阳明书院,我第一次真切地感受阳明心学。正是这一次的遇见,我萌生了写作《天下良知》的冲动。其实一开始,我并没有想到藏在青原山的这座古书院,会带给我如此大的冲击力。我只知道青原这个地方不简单，文化根基很深。我是带着"青原"这个命题走访青原、阅读青原、亲近青原的。这一圈走下来，我的视野渐渐宏阔，站在青原，仿佛可以雄视天下。

正德五年（1510年）对庐陵来说是一个历史性的年份。王阳明来了，他带着龙场悟道的兴奋以及重返官场的喜悦来了。谁也捉摸不透这个七品县官的理想，或许在这个县官的心里，德化高于治化。他不好好坐在县衙办案，却老往青原山跑，士绅、秀才、举人、官员跟着也来了，与王阳明一道在净居寺打坐静思，听王阳明讲授致良知之道。

无善无恶心之体，有善有恶意之动，知善知恶是良知，为善去恶是格物。王阳明向天下宣示：但凡有一念向上，虽凡夫俗子，皆可为圣贤。这个来自天籁的声音传遍神州，感动了千千万万官员和士绅。美丽的青原如心灵圣域，天下向往。

王阳明在庐陵任上干了半年，就踌躇满志地走了，因为他知道，他在庐陵留下了致良知的种子，在这片沃土上一定会生根发芽开花结果。

第一代王门弟子邹守益没有辜负先生。青原讲会春秋两季开讲，大江南北的学者云集于此，90岁的大学者湛若水也来讲学。施闰章在《游青原山记》中写道："寺外荒祠别馆数十间，问之，皆先儒讲堂也。盖自王文成（阳明）官吉州，数过青原讲学，邹东廓（守益）诸公翕然景从。吉州九邑各有馆，缙绅百余人又总萃于一堂。岁会以春秋,留三日,从游者甚众,至假榻满僧舍,弦诵洋洋振林谷,而西江之学名天下。"由此可见当时讲学盛况空前。

王门心学成为显学,而青原山正是显学之所。其实阳明书院在很长时间里,连固定的讲学场所都没有,只是用净居寺的房舍和民居祠堂,实际上是一种讲会式书院。

三

王门心学在理论碰撞中分成江右王门、南中王门、浙中王门、楚中王门、闽粤王门、北方王门、泰山王门等学派,在这些学派中有一个吉安人后来成为明代大思想家,著名历史学家方志远先生称其为可能撬动地球的人。这个人就是何心隐。

黑夜里,一只萤火虫飞过,一束亮光骤然照亮我们的心灵。如果是一颗流星飞过,它带给我们的或许不仅仅是惊艳,还是长久的凝视。

在吉安这片土地上,留在我们心里的是那些青史留名的民族忠烈的事迹,以及浩瀚的诗词歌赋,我们需要这些,因为它们滋养了我们。何心隐不也是耀眼的那一个吗?或许在地方文化研究中,也存在官本位思想,其实这并不奇怪。在中国,官本位不仅盛行于官场,而且盛行于民间,甚至是思想界和学术界。可是我们没有理由怀疑,真正能够带给我们惊艳的和长久凝视的，是思想。

　　正德五年，王阳明在吉安播下致良知的种子，到明嘉靖三十二年（1553年），结下了丰硕的果实。谁也没有想到，这一年在永丰县的大山深处会闹出如此大的动静。何心隐是一位杰出的思想家，更是一位知行合一的实践者。这一年，何心隐回到家乡永丰县瑶田镇梁坊村，创立聚和堂，这是中国历史上出现的第一个乌托邦社会。尽管何心隐的乌托邦只存活了短短六年，但此时距离1516年英国的托马斯·莫尔创作出文学作品《乌托邦》只过去了30多年，比空想社会主义的提出早一个世纪，比卡尔·马克思提出共产主义学说早了300年。让我感到惋惜的是，何心隐的思想似乎在中国的土地上销声匿迹了，仿佛空气不会流动，否则思想为何凝固？

　　让我没有想到的是，永丰之行颇费周折。在我认识的永丰的朋友中，知道何心隐的人居然不多，至于何心隐是什么地方的人，更是无人知晓。最后我告诉他们，何心隐本名梁汝元，你们帮我找姓梁的大村庄吧。终于落地梁坊。

　　去永丰的路上，我一直在想，梁坊是一个什么样的地方呢？我此行还能看到聚和堂吗？实际上，在瑶田，何心隐的影响非常大，人们不仅知道这个人，而且对于他的学说以及他创立的乌托邦更是津津乐道。党委书记徐世菊毕业于江西师范大学历史系，对于何心隐这个人的地位还跟我讲了许多自己的观点。瑶田这个地方有些特别，从永丰走过去似乎很远，可是从瑶田抄小路去青原却很近，这也可以解释何心隐为什么很早就接受过阳明心学。开阔的盆地上，良田万顷，这时二晚稻已经封行，绿意绵远。梁坊村就在马路边上，村坊高耸，穿过村坊，我进入了梁坊村。

在梁坊，支书老梁带着我在村庄里转了一圈。应该说，这个村庄规划和建设都不错，是一个很漂亮的村庄。他把我带到聚和堂和夫山书院旧址，这里已是一块平地，不久后就有村民在此建房。我没有看到聚和堂和夫山书院，心里有些遗憾。

关于何心隐的记载不是很多，但清朝学者黄宗羲在《明儒学案》一书中说，何心隐是一个可以掀翻天地的人，是一个可以"赤手搏龙蛇"的人，是一个前不见古人后不见来者的人。何心隐早年实践乌托邦理想，失败后在全国各地讲学，参与打倒严嵩的斗争，一生充满传奇，富有革命性。王阳明曾经有过一个震动朝野的著名倡导：问道德者不计功名，问功名者不计利禄。这句话同样深深地刻印在何心隐心里。根据记载，何心隐少怀异禀，他从小抱定考功名入官场为国效命的理想，所以他读书刻苦，成绩也好。永丰县考名列前茅，吉安府考出类拔萃，如果他接着参加省考国考，中举人进士及第应该没有悬念。可是他考完府试，突然决定不再考了。实际上历史上读书人但凡有了这种想法，定然是因为官场腐败。对一个有良知的人，一个有理想的人来说，官场烂了，进去了又如何作为？何况何心隐还是一个有强烈愿望改造社会的人。嘉靖三十二年，何心隐回到梁坊村，这一年，他36岁。他宣示，要让全村人人有书读，人人有饭吃。

何心隐的思想来自中国传统文化的熏陶，"大道之行也，天下为公"，实现大同社会，天下良知莫不如此。按照何心隐的想法，把梁氏宗族的人全部组织起来，成立一个叫聚和堂的组织。我现在无法知道这个组织的体制和运行方式，在梁坊村，我访问了许多老人，没有人说得清楚。而梁氏族谱也没有详细记载，网络和专家的说法，要么是猜测，要么是推理。我理解这个组织应该是一个集体合作化性质的共同体，仍然维持以户为单位的小农兼业制度，但互助性质很强，尤其是统一纳粮这一条，让梁氏子民统一在聚和堂的旗帜下。据说过去梁坊村有一个宗祠，何心隐自己出资在祠堂边上盖了夫山书院，无论穷富，无论阶层，所有的孩子都在这里免费读书。他教小孩子，也教大人，让大人识大体，做有道德的人。梁坊村抱团于聚和堂，和睦相处，秩序井然，俨然一个大同社会。

在那个时代，何心隐依靠什么维持这样一个大同社会呢？无非是他的人格力量和经济实力。我不怀疑何心隐的人格魅力，传统村庄治理靠的是宗法和精英，精英决定了村庄治理的水平，尤其是宗族的繁兴。梁氏族谱上没有记载何心隐（梁汝元）的后人，或许他原本就没有后人？万物皆备于我，我何择焉？以天下为家。这就是何心隐。

以户为单位的个体经营维系了中国乡村几千年，这种经营模式既利于农民,也利于统治。中国历史上的几次大移民,不排除统治阶级有瓦解大家族的考虑。所以抱团是封建统治者所不允许的。聚和堂早就成了官府的眼中钉。嘉靖三十八年(1559年),永丰县府增加皇银,何心隐拒绝缴纳,由此入狱。据说永丰县府下令拆毁聚和堂和夫山书院。等何心隐保释回到梁坊,见到已毁的书院,内心的凄凉无以言说,自此,他走上了一条以讲学来传播思想的道路。

出梁坊,我唯一感到遗憾的是,这里一点儿何心隐的痕迹都没有留下。这与我在沙溪欧阳修故乡以及在永丰县城看到的欧阳修纪念馆大相径庭。我想,我们为什么不能给这样杰出的思想家塑像呢?记住何心隐,是因为我们需要独立的思想,这是我们民族创造力的源泉。

深秋,大别山的月亮格外清冷。星星眨着眼睛,月亮睡意蒙眬,院子里寂静无声,秋虫似乎也躲起来了,露水悄悄落在树的枝头,阵阵寒意袭扰身体。仰望星空,思绪飞驰。

嘉靖四十一年(1562年),何心隐参与谋划打倒严嵩的行动,被严党察觉,于是遭到追杀。他悄悄溜出北京,向山东进发。此前他在京城创办了谷门会馆,招收四方之士讲授心学。根据相关记载,谷门会馆生员广泛,云技杂流无不从之。此时的何心隐姓梁名汝元。一路住店,他想到给自己换一个名字,这样或许会更安全。就心隐吧。从这时起梁汝元消失在日月星空之中,然而消失的仅仅是一个名字,并非心隐而是身隐,他的灵魂不改，他的思想跟着何心隐一起激荡神州。

多年以来，在永丰老家创办聚和堂的实践历历在目，现在何心隐似乎明白了，聚和堂之所以失败，是因为它只是一个村庄，没有实现更大范围的联盟。何心隐从中国传统文化中汲取精华，跳出传统家庭伦理，阐述君子之交，提出建立超乎家庭伦理的"会"，这个"会"集士农工商，统于君师。这种社会关系论引发了更加宏大的理论架构，"会"统天下，"会"众之间均平财富，团结互助。"人心不能无欲，欲唯寡则心存。""会"是何心隐的理想社会形态。中国封建社会礼教森严，可何心隐的思想已经步入原始共产主义的阶段。

一个思想家到了需要改换名字才能生存的时候，说明他的思想已经触及统治阶级的核心利益。难怪黄宗羲说何心隐是一个可以掀翻世界的人。其实阳明心学泰州学派哪一个不是"赤手搏龙蛇"的人？掌门王艮出身灶户，就是烧盐的苦力，在孔庙王艮感慨，"夫子是人也，我亦人也，圣人者可学至也"。王艮38岁拜王阳明为师，怕王阳明看不起，奇装异服把自己好好包装了一番，然后走进了王阳明的家。王阳明收下了这个弟子，但这个弟子却常常不满师说，提出"百姓日用即道"的学说。一批思想激进的心学门人聚集在王艮的家乡泰州，这其中包括像何心隐这样的民间学者，也包括如李贽这样放弃会试，但仍在官场的大思想家，还包括徐光启这样的官方学者。徐光启首倡向西方学习，著有《农政全书》60卷，并与意大利人利玛窦合译欧几里得的《几何原本》,最后官至礼部尚书。泰州学派的冲击力足以撼动历史。

这么多年了,何心隐漂泊不定,"所游半天下"。在重庆,挚友陈学博希望他留下来当参谋。此时西南地区白莲教频繁闹事,让作为知府的陈学博十分纠结。白莲教始于北宋,原是一种民间宗教。信徒主要来自底层社会,各派内部实行家长制统治,尊卑有序,等级森严。发展到明代,首领成分十分复杂,对政府的态度也不尽一致。有的借兴教之名行敛财之实,有的凭撰写经卷攀附上层,有的在宫廷太监中发展信徒扩大势力,有的则与底层群众联合反对政府。良知驱使何心隐留下来,与陈知府一道平定白莲教之乱。然而,重庆不是何心隐心仪的地方,西南白莲教平定之后,何心隐又踏上了漂泊的征程。对于一个思想家,游历本身就是一种思想的释放,他期待自己的思想飞向天空。

说起来,何心隐与张居正同属心学门派,当时张居正不过是一个小小翰林。两人相识后,何心隐说过,兴我学者非徐阶,亡我学者必是张居正。万历五年(1577年),已是内阁首辅的张居正遭遇父亲亡故,万历皇帝准许张居正不守丧期,史称"夺情风波"。何心隐反对张居正夺情,而所用的方式很奇特,他跑了几百里亲赴荆州,给张居正父亲的丧礼送上一尊怪兽。于公于私,张居正都没有理由放过何心隐。

不知道何心隐出于怎样的考虑,他把生命的最后一站选择在湖北。而湖北正是张居正的老家。思想家的斗争精神无与伦比，思想家的思想永远在险处。

大别山真好，这儿多像永丰老家，山围着水绕着，这就是我的家啊！寓居孝感的何心隐创办书院，集众讲学，那些日子是多么美好！几个月前，内阁首辅张居正通令天下禁止讲学，诏毁天下书院。何心隐著《原学原讲》驳斥张居正，声言要"持正义，逐江陵去位，一新时局"。现在书院毁了，他已无学可讲，朝廷缉捕他的人马或许正赶往孝感。寥落的星空下，深情回眸这书院的每一处角落，何心隐坚信，自己的思想早已冲出大山飞向云霄。

夜静静地，何心隐感到了透彻的寒。死亡召唤着他，清晨他将离开书院，向生命的尽头进发。明万历七年（1579年），黄山脚下的一座小城祁门，何心隐在学生胡时和家中被逮捕。从祁门押解回武昌的路上，何心隐仍然没有停止反击，他告诉差官们张居正是历史的罪人。审讯是多余的，湖北巡抚王之垣为了讨张居正欢心，直接将何心隐杖毙。

思想家死了，星星做伴，不再孤独。

四

当年王阳明离开青原时，弟子们是那样地不舍。先生就像是一个过客，匆匆而来，又匆匆而去。七个月太短，先生把种子播下，才刚冒芽，离开花还早哩。回眸青原，王阳明心里就一句话，我和你有缘，我们还会见面。

"苦尽甘来"用在王阳明身上再合适不过。龙场驿三年磨难之后，终于迎来了仕途上的春天。明正德五年，王阳明赴任庐陵知县，七个月后升任南京刑部主事，很快又调任北京吏部主事，然后是南京太仆寺少卿，到明正德十一年（1516年）竟然当上了都察院左佥都御史，奉命巡抚南赣。短短六年，成为朝中三品大员。王阳明一生创造了太多奇迹，升官速度之快恐怕也算得上一个奇迹。

王阳明的善缘来自朝中两位大员。一位是正德朝的牛人杨一清。他看中王阳明日后能挑大梁，暗中提拔。另一位是兵部尚书王琼。此人外表圆滑，跟什么人都处得非常好，这其中当然也包括奸佞小人，为此常被正人君子耻笑。但王琼内心正直刚毅，而且能力很强，为正德朝办了不少好事。王琼坚定地认为王阳明堪当大任，暗中给予提携帮助。明正德十一年王阳明被派巡抚南赣，目标是剿匪。一个哲学家，手无缚鸡之力，真能担此重任？

江西是宁王朱权的封地，朱权是燕王朱棣的弟弟，当年弟弟被哥哥忽悠去南京靖难，说好事成平分天下，可朱棣坐上龙椅后便忘记了先前的承诺。弟弟求哥哥去杭州不成，去武昌不行，最后被封在了南昌。于是仇恨的种子便一代代传递，到了宁王朱宸濠，决心向朝廷亮剑。江西匪患猖獗，这些所谓的匪实际上就是宁王的地下武装。平日里盘踞山里，欺男霸女，到宁王需要时，就是王府的正规军。

两年剿匪，赣南大山里到处可见王阳明的身影。他一手威胁、拉拢土匪，一手推行"十家牌法"，巩固群防群治体系，这两手非常奏效，土匪土崩瓦解。真正的哲学家看问题精到，解决问题的方法也独到。在赣南，王阳明实践知行合一至炉火纯青的境界。事实证明王琼极有眼光。

正德十二年，王阳明赴南赣战场，途中作《丁丑二月征漳寇，进兵长汀道中有感》：

将略平生非所长，也提戎马入汀漳。
数峰斜日旌旗远，一道春风鼓角扬。
莫倚贰师能出塞，极知充国善平羌。
疮痍到处曾无补，翻忆钟山旧草堂。

南赣灭贼首战告捷后，王阳明写下《喜雨三首》，诗中抒发的不是凯旋的豪情，而是关注农耕、体恤民生的真挚情怀：

吹角峰头晓散军，横空万骑下氤氲。
前旌已贺洗兵雨，飞鸟犹惊卷阵云。
南亩渐忻农事动，东山休共凯歌闻。
正思锋镝堪挥泪，一战功成未足云。

拾　南赣的星空

南赣匪患尽除后，王阳明开始推行《赣南乡约》，通过民众自治，维系基层社会稳定，兴建书院，培养学子，赣州府衙、南安府学、通天岩等地都留下了他讲学的身影，使得南赣社会风气焕然一新。

《王阳明年谱》有明确的记载：

先生谓民风不善，由于教化未明。今幸盗贼稍平，民困渐息，一应移风易俗之事，虽未能尽举，姑且就其浅近易行者，开导训诲。即行告谕，发南、赣所属各县父老子弟，互相戒勉，兴立学社，延师教子，歌诗习礼。……久之，雍雍然渐成礼让之俗矣。

正德十四年（1519年）六月，朱宸濠杀了江西巡抚孙燧，司马昭之心已是路人皆知。在南昌与孙燧别过，王阳明就料定有这个结果。此刻王阳明正逃离虎口，但危险正一步步向他逼近。到达临江时，景象已是混乱不堪，路上行人携家带口正在逃离，临江知府戴德孺也忙着收拾包裹准备逃避。看到王阳明，这位正直的知府立即扔下包裹，决心与王阳明一起平乱。但他心里疑惑，王巡抚无一兵一卒如何平叛？

要说又是明朝体制。一般开国皇帝都会定下规矩，以保江山永续。朱元璋为他开创的王朝做出了顶层设计：一是取消宰相，设立内阁，由一个人说了算变成一帮人说了算；二是中央掌握军队，不允许地方有武装力量，只保留少许维持秩序的捕快（警察）；三是设立皇家情报机构（东厂、西厂），以确保皇家利益。这三条从理论上讲应该是科学的，问题是好设计需要好人去实施，执行不好效果差，执行偏了或许种瓜得豆。

人们或许疑惑，宁王谋反，这么大的事江西巡抚为何事先不向朝廷报告？问题是报告了也没有用。谁都知道，江西简直就是送死之地，几任江西巡抚都在任上死得不明不白，朝中官员谈赣色变。宁王朱宸濠为了这次举事，已经做了多年的准备，他在朝中送银子拉关系，不知多少大员收过他的银子，就连首辅杨廷和也不例外。宁王要反，朝中谁不清楚？可是谁也不会捅破这层窗户纸。明朝腐败莫过于此。

赣江边上的临江已经可以闻到死亡的气息。然而，王阳明是镇定的，因为他早有平叛的预案。此刻，他跟身边人说的都是这几句话：有我就够了，有我在你莫怕，到了庐陵我将拥有平叛的实力。他凭什么如此自信？此前他向老上级兵部尚书王琼要了旗牌，有了这东西就可以调兵，然而地方军队有多少人和兵器？或许在他的心里有一种信念，他相信自己在庐陵的号召力，因为他在青原播下了致良知的种子。

王阳明与青原有缘。现在王阳明终于又来了，不过这一次他既不能与弟子们去净居寺打坐，也不能给弟子们讲授致良知学，这一次他要带着弟子们为国靖难，平定宁王叛乱。

体认良知，考问心灵，生死考验摆在面前。如王阳明所愿，吉安知府伍文定成为他最得力的助手，此人原籍湖北，强悍无比。青原弟子邹守益、张鳌山、刘蓝、刘照、王懋中等数十人随他出征。很短的时间里，赣州、宜春等地的人马都汇集于庐陵，庐陵成为王阳明平叛的大本营。

七月，太阳如火，炙烤大地。这支没有经过训练的队伍，凭良知和报国热忱，跟着王阳明这位天才的将领，转战九江、南昌，只几个回合，到七月底就成功捉拿宁王朱宸濠，前后用时不过三十五天。宁王之乱得以平息，圣人的智慧与美名传遍天下。

青原是个好地方，成就了王阳明一世英名。平叛之后，王阳明又来到青原。在接下来的日子里，王阳明继续总结和发展他的心学。"只念念要存天理，即是立志。能不忘乎此，久则自然心中凝聚。犹道家所谓结圣胎也。此天理之念常存。驯至于美、大、圣、神，亦只从此一念存养扩充耳。"王阳明道破人生至境，诠释知行合一的最美篇章。

陪同王阳明游青原的是他的大弟子邹守益。从他们的诗文中，可以品味出他们内心与净居寺的心灵感应。

王阳明《青原山次黄山谷韵》诗云：

咨观历州郡，驱驰倦风埃。
名山特乘暇，林壑盘萦回。
云石缘欹径，夏木探层限。
仰穷岚霏际，始睹台殿开。

衣传西竺旧，构遗唐宋材。
风松溪溜急，湍响空山哀。
妙香隐玄洞，僧屋悬穹崖。
扳依俨龙象，陟降临纬阶。
飞泉泻灵窦，曲槛连云楼。
我来慨遗迹，胜事多湮埋。
邈矣西方教，流传遍中垓。
如何皇极化，反使吾人猜？
剥阳幸未绝，生意存枯荄。
伤心眼底事，莫负生前杯。
烟霞有本性，山水乞归骸。
崎岖羊肠坂，车轮几倾摧。
萧散麋鹿伴，涧谷终追陪。
恬愉返真淡，阒寂辞喧哇。
至乐发天籁，丝竹谢淫哇。
千古自同调，岂必时代偕！
珍重二三子，兹游非偶来。
且从山叟宿，勿受役夫催。
东峰上烟月，夜景方徘徊。

邹守益《侍阳明先生游青原次韵》诗云：

道人爱丘壑，仙标绝氛埃。
平原与文山，大字犹昭回。
炯然忠义气，相照烟霞隈。
我行蹑飞鸟，云关恍洞开。
深林却炎威，中有开元材。
版桥喷玉虹，峡束湍声哀。
扫石玩急流，扪萝瞰崇崖。
冠欹穿篁篠，步滑缘松阶。
散目憩层楼，劫火失雕榱。
金刚有坏灭，矧复叹沉埋。
稍喜年初熟，禾役拥田垓。
翻思在军中，枭狼正相猜。
祝融似幸祸，淫毒枯陈菱。
今日胡不乐？胜境款清杯。
冲情齐宠辱，达观忘形骸。
由来青蚪驾，羊肠岂易摧。
逝将精琼靡，杖几终参陪。
朝揽庐峰秀，夕泛海涛远。
㝬矣东山墩，不离歌舞哇。
怀哉醒心亭，幸以文词偕。
皇极平如砥，车马谁往来？
迷复亦已远，况乃岁月催。

步趋迫逸响,征轴敢迟徊?

明正德年间,在闽、赣、粤、湘四省交界的山区爆发了多次大规模的农民暴动,并逐步形成多股势力,其中最大的一股以池仲容、池仲安为首占据广东浰头,他们各自称王,遥相呼应,攻城略池,袭击府县,地方鸡犬不宁。正德十二年,福建大帽山詹师富起兵作乱,时任巡抚大臣文森被匪患弄得焦头烂额,疲于奔命,万般无奈之下称病辞职。

王阳明刚到达南赣(驻跸赣州),面临的状况是民匪不分,当地百姓拿起锄头是民众,放下锄头就是巢贼。对此,阳明先生颁布了"十家牌法",《告谕浰头巢贼》是阳明先生的名篇,是他实践心法之所在。阳明先生这篇"告谕"抵得上千军万马,瓦解了对方战力的三分之二,只剩下少数顽固分子,与他们兵戎相见。

告谕发布之后,一小部分余下的巢贼逃到了浰头山里,王阳明率众举行了一次祭拜山神的仪式。"地灵则人杰,人之无良,足以为山川之羞。"王阳明借祭山之机,告诫当地民众:良心坏了,做了坏事,使大地山河为此蒙羞。王阳明不仅要破山中之贼,更是要破人心中之贼,这才是一代圣贤的作为。

池仲容等被剿灭后,闽、赣、粤、湘四省边境地区长达数十年动乱的局面得到了明显改观。王阳明仅用一年半的时间,就平定了为患数十年的南赣之乱，建立了不世之功，他被朝廷擢升为都察院右副都御史。虽然功成名就，但阳明每每想到刀光剑影、血雨腥风的场景，一个个鲜活的生命永久消逝，便心情沉重，彻夜难眠。王阳明开始着手治理南赣（八府一州），兴社办学、化育百姓、纠正民风。王阳明陆续颁布了《教约》《南赣乡约》，开始教化民众。只用了很短的时间，阳明先生便让当地的民众拥有了礼让之风。作为颇有远见的政治家，王阳明比谁都清楚，围剿杀伐不是目的，只是平乱的一种手段而已。他早已思考并实践着让当地长治久安、百姓安居乐业的重大问题。单凭武力去对待"民变"是不行的，必须多管齐下、综合治理，"少徭役、轻赋税、发展经济、实行教化、有为而治"，才能使一个地方长治久安。

正德十二年对于王阳明而言是精彩的一年。《王阳明年谱》记载：

正月，至赣州。先经万安，有贼数百，沿途劫掠，商舟不敢进。先生令联商舰结为阵势，扬旗鸣鼓，若趋战者。贼惧，罗拜呼曰："饥荒流民，乞求赈济。"先生令人谕之曰："至赣后，即差官抚插，各安生理，毋作非为，自取戮灭。"贼皆散归。

先生入赣日，即选募民兵，行十家牌法。先是，赣人之在官府者，皆洞贼耳目，官府举动，贼必先闻。军门一老隶，作奸尤甚。先生知之，呼入密室，使自择生死。隶吐实，先生许以不死,试其言悉验。先生以是尽得贼情矣。

二月,平漳寇。

四月,班师。

五月,立兵符,奏设平和县治于河头,移小溪巡简司于枋头。

六月,请疏通盐法。

九月,改提督南、赣、汀、漳等处军务,钦给旗牌,得便宜行事。先是,先生《申明赏罚疏》,以旗牌便宜为请。有笑其迂者。独王公琼曰:"朝廷此等权柄,不与此等人,又将谁与?"覆疏,得旨,悉从之。江西镇守太监毕真谋于近倖,请监其军。琼奏以为兵法最忌遥制,若使南、赣用兵必待谋于省城,镇守败矣。惟省城有警,则听南、赣策应可也。真谋乃寝。以平漳寇功,升俸一级,赏银二十两,文绮四端。

十月,平横水、桶冈诸寇,贼首谢志珊就擒。先生问之曰:"汝何得党类之众若此?"志珊曰:"亦不容易。平生见世上好汉,断不放过,必多方钩致之。或赴其难,或周其急,或逞其酒色嗜好,待其怀德,与之谋,无不应矣。"先生顾谓门人曰:"吾侪求友之切,亦当如是。"

十二月,班师。奏设崇义县治于横水,增茶寮隘,上堡、铅厂、长龙三巡简司。

谁也不得不服,一介文弱书生,在短短一年多时间里,穿梭于人生地不熟的穷乡僻壤、深山密林之中，策划并指挥了一场场刀光剑影的搏杀，并且一举荡平了为患数十载的贼匪流寇。这种奇迹的出现，让天下、朝野上下一片惊叹：绝世奇才。

五

王阳明，作为心学集大成者，不仅在哲学和军事上有着显著的成就，还在社会治理方面做出了重要贡献。他在福建漳州设立了平和县，在江西赣州设立了崇义县，以及在广东设立了和平县。这三个县的设立，不仅体现了王阳明的军事才能，更展现了他对社会治理的深刻理解。王阳明认为，单纯的军事征讨并不能从根本上解决问题，必须通过设立县治，进行社会治理和民风教化，才能真正实现社会的和谐与稳定。因此，他在平定匪患后，向朝廷建议设立这些县，并得到了批准。这些县的设立，不仅有效地抑制了匪患的复发，也为当地的社会经济发展奠定了基础，使得这些地区逐渐恢复了秩序和繁荣。

正德十三年（1518年），阳明上疏朝廷，奏请设立和平县。他在《添设和平县治疏》中说：

前项地方实系山林深险之所，盗贼屯聚之乡，当四县交界之隙，乃三省闰余之地，是以政教不及，人迹罕到，其间接连闽广，反复贼巢，动以百数……臣等窃以设县移司实为久安长治之策,伏愿皇上鉴往事之明验,为将来之永图。……特敕该部早赐施行,及照建县之所,地名和平,以地名县,以为得宜,乞从所奏。

朝廷于当年八月批复,尽允王阳明所奏。以龙川县的和平都、仁义都、广三图,与河源县惠化都等地合并为一县,县名定为"和平县",取"没有战争,和洽安宁"之义。从此和平县百姓安居乐业。民国年间,和平县人民为了纪念王阳明,将县城驻地改为阳明镇。

崇义匪患清剿之后,王阳明奏立崇义县治,勒碑茶寮,纪其事。光绪《崇义县志》卷三《古迹》记载:"茶寮碑在茶寮隘,巨石高二丈五尺,大十一抱,凌空突立。"

《平茶寮碑》全文如下:

正德丁丑,猺寇大起,江广闽郴之间骚然,且四三年。于是,上命三省会征。乃十月辛亥,予督江西之兵自南康入。甲寅,破横水、左溪诸巢,贼败奔。庚辛,复连战,贼奔桶冈。十一月癸酉,攻桶冈,大战西山界。甲戌,又战,贼大溃。丁亥,与湖兵合于上章,尽歼之。凡破巢八十有四,擒斩二千余,俘三千六百有奇,释其胁从千有余众。归流亡,使复业,度地居民,凿山开道,以夷险阻。辛丑,师旋。于乎!兵惟凶器,不得已而后用。刻茶寮之石,匪以美成,重举事也。提督军务都御史王守仁书。纪功御史屠侨，监军副使杨璋，参议黄宏，领兵都指挥许清，守备郏文，知府邢珣、伍文定、季斅、唐淳，知县王天与、张戬，随征指挥明德、冯翔、冯廷瑞、谢昶、余恩、姚玺，同知朱宪，推官徐文英、危寿，知县黄文鸷，县丞舒富，千百户高睿、陈伟、郭璘、林节、孟俊、斯泰、尹麟等。及照磨汪德进，经历杭埕，典史梁仪、张淳，并听选等官雷济、萧庚、郭诩、饶宝等，共百有余名。

有关平和立县，康熙《平和县志》卷一《疆域志·沿革》记载：漳郡旧辖六邑，平和乃其新设之疆。

和平、崇义、平和三个县名，寄托了阳明先生对天下良知的期盼，意蕴深远。

嘉靖七年（1528年）农历十一月二十九日，王阳明卒于江西南安（今赣州大余县）青龙铺，年仅57岁。他留下了临终遗言："此心光明，亦复何言？"

据说日本海军大将东乡平八郎在读过王阳明的书之后，成为日本军事史上少有的天才将领。他有一个腰牌，上书："一生伏首拜阳明。"什么样的学说如此摄人心魂？致良知学。解脱众生，也解脱自己，难怪追随者众。

问道德者不计功名，问功名者不计利禄。王阳明是一个真正的圣人。

拾壹 从零丁洋到惶恐滩

> 崖山破，军中置酒大会，弘范曰："国亡，丞相忠孝尽矣，能改心以事宋者事皇上，将不失为宰相也。"天祥泫然出涕，曰："国亡不能救，为人臣者死有余罪，况敢逃其死而二其心乎。"弘范义之，遣使护送天祥至京师。
>
> ——《宋史·列传第一百七十七》

一

我没去过五岭坡,但我知道这个位于海丰的地方对于文天祥意味着生与死的选择。

1278年腊月,文天祥率领的南宋军在五岭坡迎敌,最后,南宋军战败,文天祥被俘。除夕的夜晚,海丰郊外的旷野人声鼎沸,来自草原的汉子光着膀子在南方舒适的气候里狂欢,他们祭祖,吃手扒肉,狂饮客家酿制的米酒,一堆堆篝火点亮了南国的天空。

文天祥被押在帐下,内心的悲苦难以形容。这才几年,就败得如此不堪!照理说,文天祥尽了臣子心,出了臣子力,没理由责备自己,可国难之痛让他难以自持,堂堂大宋地大物博人才济济,怎么就输给了这帮只识弯弓射大雕的北蛮?冰冻三尺非一日之寒,南宋国力衰微、士气低落、奸佞当道,怎能不让人痛心疾首?元军算是客气,好酒好菜招待文天祥,可他不想吃也吃不下,他现在唯一的希望就是张世杰,此刻他在哪里呢?

张世杰是一位战将,早年随吕文德征战,一直在军中效命,后升任保康军承宣使,带兵抵抗元军南下,虽有胜有负,但战绩仍是可圈可点。德祐二年(1276年)正月,元军逼近临安,张世杰护卫益王、卫王南逃,组织小朝廷抵抗元军南下,成为小朝廷中的核心人物。南下途中,元军多次派人招降,张世杰坚决拒绝。文天祥知道张世杰主张立卫王为帝，此刻他率领的军队应该和陆秀夫一起护驾转移到了厓山。但张弘范不会放过他们，习惯偏安一隅的南宋，这一回命悬一线。

文天祥仔仔细细想着自己这几年勤王抗元的路。咸淳十年（1274年）被委任为赣州知府。第二年丞相贾似道统领的13万大军被元军全部消灭，朝廷便再也无兵可用了。此时的宋恭帝赵㬎年仅4岁，太皇太后谢道清临朝听政，无奈之下，只得号召全国的忠臣义士迅速举兵勤王。文天祥接到《哀痛诏》时"捧诏涕泣"。他跟赣州的同僚们说，国家有难，我等作为臣子应该义无反顾地为国纾难、勤王杀敌。赣州府里不少官员敬佩文天祥的人品，站出来响应。赣州各县的官吏带着义勇军赶到了赣州城，这是文天祥没有想到的，原本他想着交代过府衙的事便动身回家乡庐陵招兵。他在赣州任职时间不长，乡亲们却愿把儿子送来当兵，这让他很感动。可这些兵还是不够，文天祥决定回老家一趟，一为招兵，二为筹款。庐陵多义士，听说文天祥举兵勤王，响应者络绎不绝，几天时间就拉起了数万人的队伍。据说吉州窑的窑工都放下了手中的活，跟着进了文天祥勤王的队伍。打仗打的是钱，可是钱从哪里来？文天祥首先想到的是变卖家产，母亲、妻子、儿女深明大义，支持他变卖全部家产。队伍在吉州集结了三个多月，文天祥终于接到了入卫京畿的圣旨。勤王军取道抚州、衢州，走上了向临安进发的征途。

德祐二年正月，元军兵临临安城下，都城内笼罩在恐慌之中，人们四处逃窜，都城内秩序大乱。正月十八日，太皇太后看到大势已去，急忙派遣使者携带传国玉玺和皇帝降表，去向元军请降。

第二天早朝，垂帘听政的太皇太后得知陈宜中逃跑，心里惊得不行，但她强作镇定，眼睛盯着左丞相吴坚。一贯胆小怕事的吴坚此时哪有勇气站出来说话，他嗫嚅半天，提出另任一人为右丞相，众臣左顾右盼，目光定格在前来勤王的文天祥身上。这个当年的状元现在官阶虽然不高，但他仪表堂堂大义凛然的样子让众臣信服，何况他还带着几万人的队伍。对于众臣的推荐，太皇太后没敢迟疑，当即降旨诏命文天祥为右丞相兼枢密使、都督诸路军马。

危局难支，文天祥是知道的，但他没有推脱。右丞相的职位在文天祥看来，就是国家的托付，他别无选择，无论前路如何艰险，他都无怨无悔。

仅仅两年，在文天祥仅仅47岁的生命中太短，但这两年以分秒计，在他的生命中又是如此漫长，多少险境他坦然接受，多少诱惑他严词拒绝，多少苦难他独自承担。被俘之后，张弘范一直做着劝降的事，可文天祥油盐不进，张弘范无可奈何。

正月初二，张弘范收了营帐就要下海，文天祥被押上船。正月十二，船过珠江口外零丁洋，透过海上弥漫的云雾，文天祥隐约看到张世杰率领的军队严阵以待迎击敌人，心里清楚张弘范把他带过来的用意，他只有向天祈祷保佑宋军。

张世杰统领水军保持守势，张弘范一直攻不进去。到了正月二十二，元将李恒率部加入，张世杰毫无悬念大败，丞相陆秀夫看大势已去，背着小皇帝赵昺蹈海自尽，张世杰虽然逃走，但不久所乘舟船在大海中倾覆。文天祥眼睁睁地看着宋军的最后一点血脉耗尽，心里的痛撕心裂肺。张弘范是个很有心计的人，他的用意就是毁灭文天祥所有的幻想，逼他降元。

这是一个无比残酷的日子，文天祥在船上写下长诗《二月六日海上大战国事不济孤臣天祥坐北舟中向南恸哭》，诗曰：

……
出师三年劳且苦，咫尺长安不得睹。
非无虓虎士如林，一日不戈为人擒。
楼船千艘下天角，两雄相遭争奋搏。
古来何代无战争，未有锋猬交沧溟。
游兵日来复日往，相持一月为鹬蚌。
南人志欲扶昆仑，北人气欲黄河吞。
一朝天昏风雨恶，炮火雷飞箭星落。
谁雌谁雄顷刻分，流尸漂血洋水浑。
昨朝南船满厓海，今朝只有北船在。
昨夜两边桴鼓鸣，今朝船船鼾睡声。
北兵去家八千里，椎牛酾酒人人喜。

惟有孤臣雨泪垂，冥冥不敢向人啼。
六龙杳霭知何处，大海茫茫隔烟雾。
我欲借剑斩佞臣，黄金横带为何人。

船向广州进发，文天祥心凉如冰，再也无言，他望着无边无际的零丁洋，心里想着的只有一死，写下了千古名篇《过零丁洋》：

辛苦遭逢起一经，干戈寥落四周星。
山河破碎风飘絮，身世浮沉雨打萍。
惶恐滩头说惶恐，零丁洋里叹零丁。
人生自古谁无死？留取丹心照汗青。

惶恐滩是他来时的路，现在他又将背负耻辱再次经过惶恐滩。

二

1279年农历三月十三日，船到广州靠岸。元军一直没有停止对文天祥的劝降，而且工作做得细致入微，应该说是感人至深。

张弘范说，宋已亡，忠孝已尽。

文天祥回道，国之不能求，臣子死有余罪，怎敢怀有二心，唯求一死。

张弘范知道文天祥坚定的抱节守志之心,不再吭声。副元帅庞钞亦儿赶紧起身向文天祥敬酒,为张弘范打圆场。文天祥不屑拿正眼瞧他。庞钞亦儿哪里忍得下此等蔑辱,立马变脸破口大骂。文天祥早已怒不可遏,厉声与之对骂,并求速死。其他将领再不敢上来相劝,庆功宴闹得不欢而散。回到住处,文天祥内心仍难平静,写诗一首:

高人名若浼,烈士死如归。
智灭犹吞炭,商亡正采薇。
岂因徼后福,其肯蹈危机。
万古春秋义,悠悠双泪挥。

散宴后,张弘范将文天祥的表现及不杀他的原因写成奏章,上报元廷。二十多天后,使臣带回忽必烈的圣旨,说"上有谁家无忠臣之叹,旨令善视公,以来"大都。

这一路上张弘范没少费口舌,他心里并不着急,文人清高,三言两语降了就不是文人了。不久前文天祥的弟弟文璧把惠州献出来降元,文天祥为什么就不行呢?到大都再说吧,他吩咐石嵩和囊家歹专门负责看管文天祥。

在广州,文天祥遇到两个人,一个是与他并肩战斗的杜浒,另一个是已经降元的同胞大弟文璧。

杜浒来访时,文天祥大为惊骇。一是因为此前他听说杜浒已战死，没想到还能见面。文天祥举兵勤王那年，杜浒率四千义士相投，自告奋勇随文天祥出使元营，又同脱镇江。那个时候杜浒刚猛豪放，两年里杜浒与文天祥肝胆相照，"独与君携手，行吟看白云"，结下了生死情谊，如今能在敌营相见，对彼此都是一个极大的慰藉。文天祥看到杜浒骨瘦如柴，已经没有人形，心里难过极了。文天祥知道见了这面就不会有下一次了，没过几日，文天祥就听到杜浒身亡的消息，"辛苦救衰朽，微尔人尽非"，多少人跟着自己救亡，自己之所以还能苟活，那是因为自己作为南宋遗臣对元朝统治还有用，而自己又有何脸面存活于世？

文天祥在广州见了大弟文璧。听说大哥将被押解至大都，文璧特意从惠州来与兄长告别。大哥在五坡岭被俘时，弟弟文璧在惠州献城降元。对于这件事，文璧作《齐魏两国夫人行实》解释说："是冬，大兵至广，诸郡瓦解不能支，天祥以身殉……璧以宗祀不绝如线，皇皇无所于归，遂以城附粤。"他降元的理由是宋亡在即，兄长决心以身殉国，为尽宗祀不绝的孝道，他以城降元。头一年十一月，文天祥唯一的儿子道生病死，文天祥写信给文璧，让文璧将其次子文陞过继给他为嗣。文璧复信答应，此次见面再次敲定了此事。

对于文璧降元，世人评判不一。当时与他同在惠州的堂侄文应麟也深为不齿。有人拿他与文天祥相比，斥他不忠，赋诗讥之曰：

江南见说好溪山，兄也难时弟也难。
可惜梅花如心事，南枝向暖北枝寒。

　　文天祥和文璧的手足之情确实非同一般。宝祐四年（1256年），兄弟俩随父赴京殿试，恰父亲病重，文璧放弃考试照顾父亲，这一年文天祥考中了状元，文璧却做出了牺牲。文天祥举兵勤王，文璧积极配合响应，同时受兄之托尽心侍奉母亲，照管文天祥的妻小，料理祖母和母亲的后事。亲情无价。对于文天祥来说，弟弟文璧一直都是自己的好帮手，他尽的孝比自己多。自从挥戈勤王，尤其是临安陷落抱定死节之后，文天祥深知忠孝不能两全，更是有意把孝这副重担交给了这个弟弟，因此在献城降元的问题上，文天祥没有责备文璧。

　　1279年农历四月二十二日，文天祥离开广州，张弘范派都镇石嵩和将官囊家歹专程押解文天祥北上。战争结束了，更加严酷的斗争开始了，他发誓要像古之圣贤伯夷、叔齐那样求仁得仁，不降其志，不辱其身，随时准备嚼齿吞刀锯，做顶天立地的殉道者，而绝不做李陵、卫律那样的叛汉投匈的民族罪人。离开广州前，文天祥写了一首诗《言志》：

……
我生不辰逢百罹，求仁得仁尚何语？
一死鸿毛或泰山，之轻之重安所处？

妇女低头守巾帼，男儿嚼齿吞刀锯。
杀身慷慨犹易免，取义从容未轻许。
仁人志士所植立，横绝地维屹天柱。
以身殉道不苟生，道在光明照千古。
……

与文天祥一道被押解北上的，有一位是文天祥的庐陵同乡邓光荐。此人少负奇气，也曾在白鹭洲书院从学于欧阳守道。德祐元年（1275年），元军入侵江西，邓光荐举家避入福建，景炎二年（1277年）被任命为宗正寺簿。元军攻陷广州后，他与友人龚竹卿避难到香山县的黄梅山。这年冬天，土匪作乱，他的妻子、四儿、四女、三妾等家人共十二口人被抓去烧死，只他一人逃脱。次年，随驾至厓山，任秘书丞。厓山战败，陆秀夫抱帝投海，他也两次蹈海自杀，被元兵钩起不死。张弘范以礼相待，劝他打消了自杀的念头，并礼聘他当儿子张理的老师。邓光荐诗文俱佳，又与文天祥意气相投，万里役行有他相伴，甚合文天祥的心意。另一位是在五坡岭侥幸走脱的同督府将官徐榛，他也从惠州赶来，自愿陪同文天祥北上。另外还有刘荣、孙礼等七人相随照应。

从广州出发，走的是陆路，坐的是马车，经英德、韶州，越过梅岭进入江西，到达南安城已是五月二十五日。

这一路上看押文天祥的两个人不敢怠慢，遵照上旨善待文天祥，嘘寒问暖，茶饭伺候品种丰富、按时足量，遇上风景好的地方还会停下来休息一会儿，让文天祥抒发诗情。这样的礼遇并没有让文天祥的心情须臾松懈，他想得最多的是怎么死才是最好的归宿。

路经韶州南华山，夜宿莲花山寺庙，寺内供奉着六祖慧能禅师真身。这位从老家青原山走出的大师在战乱中被挖去了心肝。文天祥无限感慨，吟道：

北行近千里，迷复忘西东。
行行至南华，忽忽如梦中。
佛化知几尘，患乃与我同。
有形终归灭，不灭惟真空。
笑看曹溪水，门前坐松风。

登上梅岭，文天祥说停下来歇会儿。已经过了花季，但新绿浓茂，大山里生机盎然，他俯瞰山下的南安城，心潮悸动，不久前的那场血腥搏杀仿佛已被春雨冲刷干净，但文天祥不敢忘啊。南安军守将李梓发率领军民死守城池，一直到厓山宋军兵溃。元朝参政贾居贞前来招降，军民在城头大骂不止。三月十五日，厓山兵溃四十天后，李梓发全家自焚而死，许多军民还杀了家眷，与敌巷战，直到流尽最后一滴血。一寸山河一寸血。连元军将领塔出都感叹说，这么一座小小的城池，人心怎么这么硬啊！征服一个民族真是太难了。

文天祥向北眺望，故乡已然不远了，他估计接下来的旅途应该是走水路了。江西是文天祥的家乡，吉安是生养他之地，而赣州又曾是他治下府城。石嵩和囊家歹很警觉，生怕文天祥旧部拦路夺人，过去礼遇日隆，到了南安就不行了，石嵩和囊家歹把人犯安全带到大都，是他俩的职责，因此二人管不了那么多了，在文天祥的脖颈和脚腕上系上了绳索。下了东山码头，立即就把文天祥锁禁在船舱里。这两人颇有心机，没走章江顺江而下直往赣州，而是转道信江弯入贡江前往赣州，这是谁都想不到的。

文天祥上了船，心里有了另一番打算。他估摸着从南安绝食，到吉安故土时应该饿死了，这种心境和情绪散布在《南安军》这首诗中：

梅花南北路，风雨湿征衣。
出岭同谁出？归乡如不归！
山河千古在，城郭一时非。
饿死真吾志，梦中行采薇。

这是一首悲天恸地的亡国挽歌。在与蒙古军交战半个世纪后，立国320年的赵宋王朝最终灭亡。

到南安的次日，文天祥开始拒绝进食，七八天后可到吉安，届时自己应该死了,正好表达"死不愧庐陵"的清白节志。

绝食中的文天祥做着生命的最后安排。他给死去的父亲写了墓文,即《告先太师墓文》,向父亲的在天之灵具报了自起兵勤王后自己和全家的悲烈遭遇,感慨自己欲尽忠不得为忠,欲尽孝不得为孝,但也做了把侄子文陞收为子嗣的安排,表示自己将随父而去,求仁得仁,抑又何怨?

始我起兵,赴难勤王。
仲弟将家,遁于南荒。
宗庙不守,迁我异疆。
大臣之谊,国亡家亡。
灵武师兴,解后归国。
再相出督,身荷忧责。
江南之役,义声四克。
为亲拜墓,以剪荆棘。
大勋垂集,一跌崎岖。
妻妾子女,六人为俘。
收拾散亡,息于海隅。
庶几奋厉,以为后图。
恶运推迁,天所废弃。
有母之丧,寻失嫡子。
哭泣未干,兵临其垒。

仓皇之间，二女夭逝。
剪为囚房，形影独存。
抑药不济，竟北其辕。
系颈繁足，过我里门。
望墓相从，恨不九原。

文天祥还写了《别里中诸友》，与诸友人诀别，诗云：

青山重回首，风雨暗啼猿。
杨柳溪头钓，梅花石上尊。
故人无复见，烈士尚谁言？
长有归来梦，衣冠满故园。

三

地处武功山南麓的洲湖镇，是安福南部的中心城镇，这个镇的汶源村在元朝初年有一个叫王炎午的人，因为写了《生祭文丞相文》，而成为历史名人。我曾得便利去过洲湖，慕名访汶源。我想知道的是：王炎午为什么写生祭文？他为什么巴望文天祥速死？

在王家祠堂，我看到关于王炎午的介绍。王炎午在咸淳年间补太学上舍生，早年曾与文天祥、赵青山同游，几个人志趣相投，尤其是文天祥闲住于天马山时，王炎午经常去富田陪伴文天祥。王炎午比文天祥小16岁，文天祥37岁在富田闲居时，王炎午才21岁，算起来也是忘年之交。

宋德祐二年，临安陷落后，王炎午加入文天祥幕府，"尽以家赀助军饷"，算得上是一个深明大义的热血青年。后以母病辞归，没能陪伴文天祥走完生命的最后一程。但王炎午回到汶源安葬老母后，隐居不仕，致力于诗文，算得上是个有气节的人。至于他为什么要写生祭文，序言中表述得比较清楚，因为他怕日久生变，文天祥投元叛宋。从这个意义上讲，吉安人把名节看得很重。

王炎午知道文天祥在来赣州的路上，早早地与朋友刘尧举在文清路的一家客栈住了下来。他们并不知道文天祥到了南安就开始绝食，心里着急，盼着他早点死，以保全忠义的节操，要知道，文天祥是他心中的英雄啊！天气开始热了，王炎午每日去江边打探，就是不见押送文天祥的船队。王炎午和刘尧举在客栈坐卧不宁。王炎午说，我来写篇文章吧，文天祥总有靠岸的时候，相信他会看到的。油灯下刘尧举替王炎午磨墨，王炎午奋笔疾书，一篇近两千字的《生祭文丞相文》终于写成了，这时王炎午已经泣不成声。

维某年某月某日，里学生旧太学观化斋生王鼎翁谨采西山之薇，酌汨罗之水，哭祭于文山先生未死之灵而言曰：呜呼，大丞相可死矣！文章邹鲁，科甲郊祁，斯文不朽，可死。丧父受公卿，祖奠之荣；奉母极东南，迎养之乐，为子孝，可死。二十而巍科，四十而将相，功名事业，可死。仗义勤王，使命不辱，不负所学，可死。华元踉蹡，子胥脱走，丞相自叙死者数矣，诚有不幸，则国事未定，臣节未明。今鞠躬尽瘁，则诸葛矣；保捍闽广，则田单即墨矣；倡义勇出，则颜平原、申包胥矣；虽举事卒无所成，而大节已无所愧，所欠一死耳。奈何再执，涉月逾时，就义寂寥，闻者惊惜。岂丞相尚欲去耶？或以不屈为心，而以不死为事耶？抑旧主尚在，未忍弃捐耶？
……

　　刘尧举捧起文章诵读起来，读着读着也是恸哭不止。王炎午说，今晚我俩赶紧誊抄，待明天我们从赣州去万安，所有的码头都去张贴。刘尧举赞同。初夏天气闷热，两人挥汗如雨，每人抄了十几份，手都动不了了。第二天一大早，两人在赣州几个码头的城墙上张贴了数张，租了条船先期去万安，在赣江十八滩每个滩口都张贴一张，过了万安，在城墙上贴了几张，然后干脆在观澜门城墙上坐下来等着北船。

　　王炎午翘首以望惶恐滩，却迟迟不见文天祥的踪影。他哪里知道原本文天祥是要绝食而死的，已经多日不吃，人日渐消瘦，体力严重不支，还没到赣州，人已奄奄一息，王嵩和囊家歹急坏了，这两人怕误了事，找人给文天祥灌粥。几个人捏住文天祥的鼻子，压住文天祥的手脚，用条勺把稀粥往文天祥嘴里灌。几次之后，文天祥哪里受得了这般羞辱，既然绝食而死做不到，还不如自己吃，吃好了养好了精神再跟敌人斗争。

赣江正在洪水季，江水暴涨，急流滚滚。这一日，北船终于过了惶恐滩，朝着万安城墙这边飞奔而来，王炎午和刘尧举高举生祭文用尽吃奶的力气诵读。可文天祥关在船舱哪里听得到？他只听到惊涛汹涌的咆哮。城墙上的两人早已哭成了泪人。

四

1279年农历六月，押送文天祥去大都的船只停靠在吉安码头，张千载恳请元兵允许自己上船，陪同文天祥一路北上，侍奉文天祥的衣食起居。元军士兵看张千载心诚，报告了都镇石嵩和将官囊家歹，这两人觉得反正文天祥也跑不了，多一个人来陪着他也不失为一件好事。事情报给张弘范，这个谙通人性的家伙觉得张千载人很义气，只身去大都陪文天祥的确让人感动，此外张弘范还觉得张千载只是个草民，不是士大夫阶层，没准还能通过他影响文天祥，再说不是也为文天祥吃饭的事省心了吗？

张千载与文天祥是发小，他没有文天祥的家国情怀，但他讲义气，发小有难怎么也得帮他一把，生时照顾他吃喝，死了帮他收尸。自从知道发小押往大都，张千载就变卖了家产，换了几张银票，怕到了大都兑换不方便，行囊里装了不少银子。文天祥见了发小，心里很感激，但他坚决不同意张千载上船。自己去赴死，怎能连累了发小啊？张千载说，听说你进入江西后一直绝食，你现在人都脱了形，需要调理，我知道你喜欢吃什么，我陪着你方便些。文天祥说什么也不同意，你也是有家室的人，你走了，家里怎么办呢？张千载说，按你说的没有国哪来的家，让我跟你走吧！

张千载是个农民，他跟南宋的灭亡本来是可以没有任何关系的，但文天祥这位英雄成就了历史上一位侠肝义胆的伟大人物。张千载的家明朝时迁往万安横塘，这个村庄的人都知道，他们家族中有过一位了不起的义士。我曾在横塘工作过一段时间，那个时候人们为生计奔波，并不曾说起过张千载，好像这个人并不存在，后来村庄富裕起来，人们觉得村庄需要一个灵魂，这才把张千载请了回来。千载茫茫，人们的精神世界空了又满，丢了又回。

那年冬天，张千载随着文天祥来到了大都，雪花飘飘，北方的世界南方人似乎适应不了。文天祥被单独关押，张千载也不能朝夕陪护，他在附近找了一处房子住了下来。每天三餐给文天祥送去，文天祥吃了饭跟元军舌战，张千载则跟着锅碗瓢盆战，似乎他们在共同塑造一段历史。

一天天，一年年……张千载心无旁骛，他不去想这件事的结局，但他知道这件事会有结束之日。当元军没有耐心的时候，当元帝觉得文天祥不再有用的时候，他做饭、送饭的职责就完成了。当这一天真的到来的时候，张千载已经没有了泪水，有的只是欣慰和感动，因为文天祥在狱中写下的大量诗文已经滋养了张千载的爱国之魂。张千载用银子买通狱卒，换回了文天祥一首首感人至深的正气之作，这其中就有被后人传诵的《正气歌》。

天地有正气，杂然赋流形。
下则为河岳，上则为日星。
于人曰浩然，沛乎塞苍冥。
皇路当清夷，含和吐明庭。
时穷节乃见，一一垂丹青。
在齐太史简，在晋董狐笔。
在秦张良椎，在汉苏武节。
为严将军头，为嵇侍中血。
为张睢阳齿，为颜常山舌。
或为辽东帽，清操厉冰雪。
或为出师表，鬼神泣壮烈。
或为渡江楫，慷慨吞胡羯。
或为击贼笏，逆竖头破裂。
是气所磅礴，凛烈万古存。

当其贯日月，生死安足论！
地维赖以立，天柱赖以尊。
三纲实系命，道义为之根。
嗟予遘阳九，隶也实不力。
楚囚缨其冠，传车送穷北。
鼎镬甘如饴，求之不可得。
阴房阒鬼火，春院闷天黑。
牛骥同一皂，鸡栖凤凰食。
一朝濛雾露，分作沟中瘠。
如此再寒暑，百沴自辟易。
嗟哉沮洳场，为我安乐国。
岂有他缪巧，阴阳不能贼。
顾此耿耿在，仰视浮云白。
悠悠我心悲，苍天曷有极。
哲人日已远，典刑在夙昔。
风檐展书读，古道照颜色。

1282年正月，文天祥最后的时刻到了。文天祥将写好的绝笔《自赞》细心地夹系在衣带间，跟着狱卒走出了牢房，到达柴市刑场后，他仰天眺望，面南拜倒，又起身向宣谕使索要纸笔，提笔写下了早就打下腹稿的两首七律：

昔年单舸走维扬，万死逃生辅宋皇。
天地不容兴社稷，邦家无主失忠良。
神归嵩岳风雷变，气吐烟云草树荒。
南望九原何处是？尘沙黯淡路茫茫。

衣冠七载混毡裘，憔悴形容似楚囚。
龙驭两宫崖岭月，貔貅万灶海门秋。
天荒地老英雄散，国破家亡事业休。
惟有一灵忠烈气，碧空长共暮云愁。

诗写完，文天祥把笔掷于地上，面南而坐。任凭刀光闪过，人头落地。当人群散开之后，张千载走到刑场，细心地拾掇起文天祥的尸首，并把夹带的文稿取出，为其换上寿衣，架起柴火，看着那一具身躯一点点烧为灰，然后用事先准备好的骨灰盒装了，一步步朝着家乡吉安富田走去。从大运河到长江，再到鄱阳湖，再入赣江……现在他什么也没有了，他全部的财富只有装着文天祥生命的那个匣子。他知道那是历史的信物，那是一千年一万年做人的信仰。

张千载回到了吉安，与文天祥的家人一道安葬了装着文天祥骨灰的盒子。王炎午见到张千载的时候，文天祥的墓碑已经矗立起来，王炎午望着这座高高的墓塔，想起生祭文那件事，惭愧之极，在文天祥墓前深深鞠躬，然后又向张千载深深鞠躬。

回到汶源家里,王炎午闭门不出,深情地写下了《望祭文丞相文》:

呜呼!扶颠持危,文山、诸葛,相国虽同,而公死节。倡义举勇,文山、张巡,杀身不异,而公秉钧。名相烈士,合为一传。三千年间,人不两见。事谬身执,义当勇决。祭公速公,童子易箦。何如天意,佑忠怜才。留公一死,易水金台。乘气捐躯,壮士其或。久而不易,雪霜松柏。嗟哉文山,山高水深。难回者天,不负者心。常山之发,侍中之血。日月韬光,山河改色。生为名臣,死为列星。不然劲气,为风为霆。干将莫邪,或寄良冶。出世则神,入土不化。今夕何夕,斗转河斜。中有光芒,非公也耶?